KB006491

새움청소년문학 2

헤어살롱 그 남자애

초판 1쇄 발행 | 2014년 10월 22일

지은이 정지혜
발행인 이대식

책임편집 김화영 **편집** 이숙 나은심
마케팅 윤여민 정우경 **관리** 홍필례
디자인 모리스

주소 서울시 종로구 평창길 329(우편번호 110-848)
문의전화 02-394-1037(편집) 02-394-1047(마케팅)
팩스 02-394-1029
전자우편 saeum98@hanmail.net
블로그 saeumbook.tistory.com
페이스북 facebook.com/saeumbooks

발행처 (주)새움출판사
출판등록 1998년 8월 28일(제10-1633호)

© 정지혜, 2014
ISBN 978-89-93964-85-1 03810

이 책은 저작권법에 따라 보호받는 저작물이므로 무단전재와 무단복제를 금지하며,
이 책 내용의 전부 또는 일부를 이용하려면 반드시 저작권자와 새움출판사의
서면동의를 받아야 합니다.

• 잘못된 책은 바꾸어 드립니다.
• 책값은 뒤표지에 있습니다.

새움

차례

0 요란한 등장 7

1 우리는 꽃가족이다 9

2 아이크림을 바르지 않아도 되게 해드릴게요 31

3 허리까지 머리가 길면 가출을 해야지 58

4 빗방울에 취하면 약도 없다 76

5 꽃가족, 퇴짜 맞다 91

6 파란 코끼리가 도망을 가면 마녀가 깨어난다 111

7 필승이의 화려한 일주일 122

8 갈증이 나서 목을 축인 것뿐인데 125

9 불공평한 세상에서 십구 년 잘 살았소이다 148

10 누난 너무 예뻐 166

11 내가 누구인지 아는 사람 181

12 오래된 이야기 199

13 미리, 메리 크리스마스 210

14 내가 바로 '장필승'이다 225

15 우리는 꽃가족이다 241

작가의 말 246

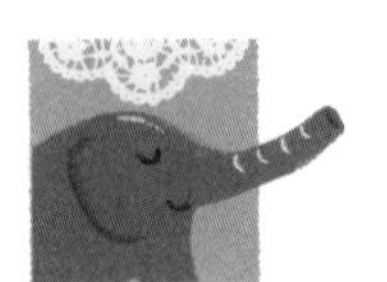

요란한 등장

미용실 문이 열린다. 구불거리는 곱슬머리가 눈을 푹 덮은 한 남자애가 들어온다. 미용실 안 사람들의 시선이 모두 그 남자애에게로 향한다. 그 남자애의 귀에 꽂힌 이어폰에서 쿵쾅거리는 음악이 새어나온다. 그 남자애가 군데군데 구멍이 난 소파에 기대어 앉는다. 긴 다리를 우아하게 휙 꼬자 사람들의 시선이 그 남자애의 발끝에 향한다. 그 남자애의 길고 흰 손가락이 음악에 맞춰 까딱거린다.

그 남자애의 이름은 장. 필. 승.

까만 하늘을 수놓는 불꽃놀이의 화려함도, 수국의 청초함도, 오월 푸른 잔디의 싱그러움도 고개를 숙이고 만다는 장필승의 아름다운 삶의 현장으로 그대들을 초대하려고 한다. 마음의 준비, 되었는가? 장필승의 이야기가 끝날 때까지 거울을 들여다보는 어리석은 행동은 하지 말기 바란다. 거울을 부숴버리게 될지도 모르니.

우리는 꽃가족이다

사람들은 내가 번화가의 유명 헤어숍에 다니는 줄 알지만 사실 그런 곳엔 발 붙인 적도 없다. 머리가 길다 싶으면 그때그때 눈에 띄는 동네 아무 미용실이나 문을 열고 들어간다. 헤어의 완성은 헤어스타일이 아니다.

헤어의 완성은 '얼굴'이다.

내 얼굴은 헤어스타일을 무의미하게 만든다. 물론 공들인 헤어스타일이 내 얼굴을 좀 더 빛나게 해줄 순 있겠지만(여자들은 그런 의도로 액세서리를 착용한다고 하던데), 아무렇게나 자른 머리도 내 얼굴과 어우러지면 유명 디자이너가 만져준 것처럼 보이니 실은 머리카락이 내 얼굴 덕을 보고 있다고 해도 무방하다. 바가지를 대고 머리를 자른다 해도 내 얼굴이라면 얼마든지 소화해낼 수 있을 지경이니까.

○○○헤어살롱.

노란 머리의 외국인 사진이 덕지덕지 붙은 미용실의 외관은 너저분하기 짝이 없다. 기우뚱 기울어진 가로수에 반쯤 가려진 간판이 을씨년스럽다. 헤어살롱 앞에 뭐라고 적혀 있는 것 같은데 가로수가 가리고 있는 탓에 헤어살롱의 이름이 보이지 않는다. 보나마나 주인아줌마의 이름을 따서 가게 이름을 지었겠지. 이경자 헤어살롱, 박정애 헤어살롱, 이경숙 헤어살롱……. 이 도시에만 해도 수십 개의 헤어살롱이 존재하니까. 오늘은 주인아줌마 이름도 모르는 헤어살롱에서 머리를 자르겠군. 아무렴 어때. 헤어의 완성은 '얼굴'인걸.

문을 연다. 삐걱 소리가 들릴 만큼 낡아빠진 건물이 곧 무너질 것처럼 아슬아슬하다.

"어서 오세요옹~."

주인아줌마는 문 쪽은 쳐다보지도 않고 콧소리를 내며 인사부터 한다. 여고생의 앞머리를 부여잡고 이리저리 자르느라 정신이 없다. 여자애의 얼굴은 평범하다. 아무리 잘라도 만족을 못하겠지. 헤어의 완성은 '얼굴'이니까. 저 아줌마가 아무렇게나 머리카락을 난도질해놔도 내 얼굴은 멋스럽게 소화해낼 수 있을 텐데. 저 여자애, 사는 게 좀 피곤할 거다.

무심한 표정을 지으며 소파 한구석에 털썩 앉는다. 귀에 꽂은 이어폰은 빼지 않는다. 음악을 듣는 내 모습은 CF 속 한 장면 같을 테니까. 스르륵 눈을 감는다. 음악소리 때문에 들리진 않지만 이쯤 되면 서걱서걱 머리카락을 잘라내던 가위질소리가 멈추었을 거다. 하나둘 입을 쩍 벌리고 내 얼굴을 감상하기 시작했겠지. 실컷 구경하시라. 좋은 건 나눠 봐야 하니까.

"학생!"

매서운 겨울바람 같은 날카로운 기타사운드 속으로 아줌마의 목소리가 날렵하게 비집고 들어온다. 날 부르는 건가? 슬며시 눈을 뜬다. 무심한 표정을 유지한 채.

"그래, 학생."

금방 쥐라도 잡아먹고 온 것처럼 입술이 시뻘건 주인아줌마가 빙그레 웃으며 나를 바라본다. 이어폰을 빼고 헤어살롱 안 풍경을 천천히 감상한다. 역시나……. 주인아줌마, 주인아줌마에게 머리를 내맡긴 여자애, 옆 소파에서 차례를 기다리는 누나뻘의 여자, 머리에 빼곡하게 롤을 말고서 잡지책을 펼쳐 들고 있는 아줌마. 모두의 시선이 내 얼굴에 고정되어 있다.

"커트?"

주인아줌마가 손에 쥔 가위를 허공에 흔들어 보이며 묻는다. 고개만 까딱하곤 다시 귀에 이어폰을 끼운다. 아직 내 목소리를 들려주기엔 이르지. 목소리마저 완벽하다는 건 천천히 알려줘도 괜찮을 듯하다. 한꺼번에 너무 많은 걸 보여주면 재미없으니까. 볼륨을 줄이고 음악 바깥에서 들려오는 소리에 집중한다.

"자, 여학생은 그만하자. 벌써 몇 번이나 다시 잘랐다구. 이만하면 됐잖아? 안 그래, 애란엄마?"

주인아줌마는 옆자리에서 롤을 말고 앉아 있는 아줌마에게 동의를 구하며 평범한 얼굴의 여자애를 급하게 일으켜 세운다.

"아, 여기가 좀 비뚤잖아요."

여자애가 칭얼대지만 주인아줌마는 어림도 없다는 표정을 짓는다.

"팔천 원."

여자애는 얼굴에 묻은 머리카락을 털어내며 의자에서 일어선다. 흘끔흘끔 내 얼굴을 훔쳐보다 나와 눈이 마주치자 얼굴이 화르륵 달아오른다.

"여, 여기……."

여자애가 고개를 푹 숙인 채 주머니에서 돈을 꺼내 주인아줌마에게 내민다. 시커먼 선글라스를 쓰고 있는 주인아줌마를 보고 있자니 여자애의 앞머리가 비뚤어진 이유가 납득이 간다. 앞이나 제대로 보이나 몰라. 실내에서 웬 선글라스람.

"고마워요옹~. 머리 길면 또 와요옹~."

끝을 길게 내빼며 말하는 건 버릇인 건가. 어울리지 않게 콧소리를 내는 아줌마의 말투에 절로 인상이 찌푸려진다. 인상을 찌푸린 내 얼굴은 가을낙엽처럼 분위기 있어 보이겠지만.

"잘생긴 학생? 커트한댔지?"

아줌마가 앞으로 성큼 다가와 내 얼굴을 뚫어져라 바라본다.

"와, 정말 잘생겼네! 꼭 텔레비전에 나오는 사람 같잖아? 그지, 애란엄마?"

롤을 만 아줌마도 잡지책을 내려놓고 주인아줌마 곁에 서며 고개를 끄덕인다.

"그러게. 학생이 아주 잘생겼네. 이 동네 살아? 어디?"

삐쭉삐쭉 솟아오른 아파트 단지를 말없이 가리킨다.

"아우, 애란엄마. 좀 비켜봐. 우리 학생 머리 잘라줘야지."

"그래그래. 내가 좀 주책없었지? 오호호호."

애란엄마라 불리는 롤을 만 아줌마가 한 걸음 뒤로 물러선다. 외투를 벗어 소파에 걸쳐놓고 좀 전까지 여자애가 앉아 있었던 의자에 앉는다. 길가에 심어진 무수한 전봇대처럼 평범하기 그지없던 그 여자애는 문밖에 서서 내 얼굴을 감상하고 있다. 오늘 또 한 명 늘었군. 무슨 날마다 편지며 선물이며 한 박스씩 보낼 내 팬이.

"어떻게? 어떻게 잘라줄까, 우리 잘생긴 학생?"

"그냥 대충……."

꽃망울이 터지듯 사람들의 입에서 경이로운 탄성이 톡톡 울린다. 중저음의 목소리는 내 얼굴과 완벽한 조화를 이룬다. 참으로 기가 막힌 신의 창조물이 아닐 수 없다.

"어머, 목소리까지! 하늘은 참 불공평하다니까. 그지, 애란엄마?"

롤을 만 아줌마는 아예 내 쪽으로 의자를 틀고 앉아 부산스레 고개를 끄덕인다. 저러다 머리카락에 꽉 엉겨 붙은 롤들이 우르르 굴러떨어지진 않을까 걱정이다. 주인아줌마는 내 곱슬머리를 만지작거리며 감탄을 연발한다.

"어머, 어쩜! 머릿결도 참 탐스럽네. 이거 파마한 거 아니지? 어쩜 이렇게 자연스럽게 구불거리냐. 이런 곱슬머리는 헤어살롱 인생 십 년 만에 처음 본다! 우리 학생은 정말 완벽해!"

아줌마가 엄지를 치켜들며 감탄을 멈추지 않는다. 이런 찬사, 좀 지겹긴 하지만 내 외모에 대한 평가는 듣고 또 들어도 즐겁기만 하다. 끊임없이 찬사를 쏟아내는 아줌마에게 옅은 미소를 지어 보인다. 일종의 보답이다.

"웃는 것까지……, 완벽하잖아!"

주인아줌마는 가위를 움켜쥐며 비장한 표정을 짓는다.

"학생의 머리는 내가 책임지지."

걱정 마세요. 아무렇게나 잘라놔도 멋질 테니까.

가위질이 시작된다. 머리칼이 슥슥 잘려나간다. 거봐. 이렇게 잘라도 괜찮고 저렇게 잘라도 괜찮잖아. 아줌마의 가위질이 엿장수처럼 신명나다. 좀 전의 여자애 머리카락을 잘라낼 때처럼 머리를 갸우뚱하지 않는다. 한 번 가위질을 할 때마다 미간의 주름이 조금씩

펴진다. 아줌마의 실력이 출중해서가 아니라 어떤 머리를 해도 어울리는 내 얼굴 때문이라는 걸 알게 된다면 너무 절망하시려나?

"학생은 누구를 닮았어? 아빠가 기가 막히게 잘생기셨나?"

"두 분 다 닮았어요."

"궁금하네. 이런 아들 낳은 엄마는 어떻게 생겼는지. 형제관계는 어떻게 돼?"

"누나 있어요."

"누나도 예뻐? 학생이랑 비슷하게 생겼나?"

이번엔 대답 대신 고개를 끄덕인다.

우리 누나? 예쁘지. 내가 이 정도로 비현실적인데 나보다 3년 먼저 태어난 누나의 얼굴은 어떻겠어. 눈이 부신다는 말은 누나의 얼굴에서 탄생했다 해도 무방할 정도지.

"그래? 한번 보고 싶네. 학생이랑 닮았으면 미스코리아 나가도 괜찮을 텐데. 그지, 애란엄마?"

주인아줌마의 눈이 반짝하고 빛난다.

"우리 동네에서 미스코리아 탄생하면 집값 좀 오르려나? 아니지, 아니지! 그럴 게 아니고 학생 배우 해볼 생각 없어? 드라마에 나오는 총각들보다 훨씬 인물이 나은데."

롤을 만 아줌마는 아예 자리를 박차고 일어나 망부석이라도 될 기세로 내 옆에 굳게 선다.

"애란엄마도 그렇게 생각하지? 유명한 배우가 사는 동네면 집값

이 천정부지로 뛰려나? 오호호호."

이 정도면 내가 어떻게 생겼을지 대충 짐작이 가려나. 아니, 당신들이 어떻게 상상하든 내 얼굴은 상상 그 이상일 거다. 내 이야기를 쓰고 있는 작가의 무능력함을 탓할 수밖에. 함부로 내 얼굴을 상상하지 마시라! 한 인물 한다는 연예인들의 얼굴을 다 합쳐놔도 내 발톱의 때만도 못할 테니까.

주인아줌마의 실력은 아줌마의 얼굴처럼 평범하기 그지없다. 유별나게 솜씨가 좋다고 말할 수도 없지만 형편없다고도 말할 수 없는, 세상에 널리고 널린 평범한 실력. 완성된 머리를 보는 아줌마의 표정은 황홀함 그 자체다. 다 내 얼굴 덕분인 줄 모르고 수년 동안 단련해온 실력이 드디어 빛을 발한 거라고 착각했겠지. 콧등에 떨어진 머리카락을 털어낸다는 핑계로 내 얼굴을 찬찬히 뜯어보는 아줌마의 시선이 느껴지지만 눈을 감고 모른 체한다. 이런 얼굴을 가까이서 볼 기회가 전무했을 테니까.

"오늘은 내 손이 호강하는 날이야, 애란엄마. 오늘 당장 저 가위를 놓아야 된다 해도 여한이 없겠어."

누군가는 아줌마에게 호들갑 좀 그만 떨라고 말할지도 모르겠지만 내 실물을 확인한 순간 아줌마의 손가락이 부러워 미칠 지경이 될 것이니 그런 생각은 접어두는 게 좋을 거다.

아줌마가 정갈하게 빗어준 머리카락을 길고 고운 손가락으로 헝클며 일어선다. 머리는 언제나 헝클어진 채로 다니는 게 내 방식이다. 머리를 빗지 않는 것은 나와 동시대를 살아가는 사람들을 향한 작은 배려다. 머리까지 곱게 빗어 넘겼다간 누군가의 탄생의 기쁨과 보람을 물거품으로 만들 수도 있을 테니까. 하지만 머리를 아무리 헝클어도 소용이 없다. 목 늘어진 티셔츠조차 명품처럼 보이게 하는 능력을 가진 내 얼굴이 헝클어진 머리 앞에 굴할쏘냐.

도저히 못 들어주겠네! 하면서 책을 덮는다 해도 굳이 말리지는 않겠다. 사소한 질투심에 앞으로 일어날 무지막지한 구경거리들을 놓친다면 당신만 손해니까.

"잘생긴 학생, 또 올 거지?"

글쎄. 내가 머리를 잘라야겠다고 생각하는 순간 이 헤어살롱이 눈앞에 있다면 또 오는 거고 아니면 마는 거고.

"여기요."

지키지 못할 약속은 하지 않는 것이 사나이의 도리이니라. 대답 대신 돈을 건넨다.

"아니야. 됐어. 내가 이 돈을 어찌 받아. 오히려 내가 돈을 줘도 시원찮을 판에. 영광이었어, 학생. 대신 담에 또 와야 해. 알겠지?"

몇 번 더 돈을 건네보았지만 아줌마는 손사래를 치며 한사코 돈을 받지 않겠다고 했다. 대신 담에 또 와야 한다는 말을 되풀이하면서. 이런 게 누나가 말한 '얼굴값'이란 건가. 누나는 우리같이 생긴 애들은 '얼굴값'을 받고 다녀야 한다고 누누이 이야기했었다. 자기네들이 어디 가서 감히 눈을 뗄 수조차 없게 만드는 얼굴을 구경

하겠냐면서. 누나는 '얼굴값'을 톡톡히 받고 다닌다고도.

내가 나올 채비를 하자 유리문에 바짝 붙어 안을 지켜보던 여자애가 허겁지겁 도망을 간다.

"담엔 누나도 데리고 와라, 잘생긴 학생. 내가 누나 머리도 기가 막히도록 잘라줄게. 응?"

우리 누나는요, 이런 데서 머리 자를 사람이 아니거든요. 누나로 말할 것 같으면 뭐든 최고가 아니면 하지 않는 사람이다. 머리도 우리나라 최고의 디자이너 선생님이라 불리는 사람에게서, 옷도 죄다 유명 브랜드, 하물며 볼일 볼 때 사용하는 휴지까지 최고의 것만 쓰니까.

누나는 고개를 빳빳이 쳐들고 눈을 지그시 내리깔며 도도한 고양이 같은 표정으로 자주 말한다. 나는 그럴 만하니까. 우리는 그래도 된다고. 우리처럼 생기기가 쉬운 일인 줄 아냐고. 로또 1등에 당첨되는 것보다 더 어려운 일이 우리 같은 얼굴을 갖는 거라고. 사람들은 우리를 보는 것만으로도 행복해한다고. 예쁜 거 싫어하는 사람 없다고.

"또 와요옹~. 누나도 데리고 오고옹~? 알겠지이~?"

내가 대답을 않자 아줌마는 콧소리를 더욱 심하게 낸다. 누나는 절대 이런 데 올 일이 없다고 쳐도 나는 지나가다 또 들를 가능성이 조금은 있으니 고개를 절반쯤만 끄덕인다. 아줌마는 그제야 안심이 된다는 얼굴로 크게 숨을 내쉰다.

"안녕히 계세요."

외투를 주워들고 가게를 나선다. 뒤통수가 따갑다. 모두들 나만 쳐다보면서 아쉬워하고 있겠지. 내가 나가고 나면 나에 대해 이런 저런 말들을 해댈 테고. 사람들은 해바라기 같다. 내가 움직이는 대로 고개를 쭉 내밀고 따라 움직인다. 나는 태양도 아닌데 말이다. 유리창에 무당벌레처럼 딱 달라붙어 있던 여자애는 어느새 전봇대 뒤에 숨어 있다. 누가 전봇대고 누가 사람인지 모르겠다. 둘 다 너무 평범하다. 감히 내게 말을 걸 수조차 없겠지. 용기내기 쉽지 않을 거야.

가을바람이 기분 좋게 불어온다. 아직도 한낮엔 정수리가 뜨겁건만 코끝에 찬 기운이 스치는 것도 같다. 유난히 짧았던 작년 가을이 떠올라 걸음을 늦추어본다. 올가을은 느릿하게 지나가주면 좋겠는데. 살랑거리며 몸을 감싸는 가을바람을 느끼며 천천히 걷는다. 대체 저 여자애는 어디까지 따라올 심산인 건지. 길가에 주차해둔 자동차 유리너머로 내 뒤를 밟고 있는 여자애가 보인다. 나름 내게 들키지 않으려 이 전봇대 뒤에 숨었다 저 전봇대 뒤에 숨었다 하고 있지만 움직임이 너무 요란하다. 나에게 반한 건 어쩔 수 없지만 집까지 따라오게 놔둘 순 없다. 집 주소까지 알아버리면 너무 피곤해지니까.

뒤를 휙 돌아본다. 이쪽 전봇대에서 저쪽 전봇대로 옮겨가려던 여자애가 깜짝 놀라 그 자리에 그대로 우뚝 섰다. 이런 상황엔 말이 필요 없다. 그저 얼굴이 뚫어져라 쳐다보면 그만일 뿐. 여자애의 얼굴이 잘 익은 토마토 같다. 말 한마디 붙이지도 못할 거면서. 이런데도 계속 따라올 수 있어? 여자애가 눈동자를 이리저리 굴리더니 한쪽 무릎을 꿇고 앉아 멀쩡한 신발 끈을 풀었다 묶는다. 순발력 하난 인정! 신발 끈이 풀어진 척하다니……. 주머니에 손을 찔러 넣고 서서 여자애에게 집중한다. 여자애의 행동을 하나도 놓치지 않겠다는 일념으로. 집에까지 따라오는 건 좀 무례하잖아. 운동화 끈을 다 묶고 난 후에도 내가 꿈쩍도 않자 여자애가 옆 골목으로 뛰어들며 사라진다. 좀 더 그 자리에 서 있기로 한다. 언제 다시 내 뒤를 따라올지 모르니까. 이런 일 한두 번 있는 게 아니라 익숙하다. 혹시라도 이 글을 읽는 사람들 중에 내 뒤를 몰래 따라와 본 경험이 있다면 그대들의 심정은 백번도 이해할 수 있으니 너무 자책하지 말라고 말해주고 싶다. 예쁜 건 계속 보고 싶은 게 사람의 심리라니까.

빨간 스포츠카가 미끄러지듯 달려와 내 옆에 서더니 창문을 내린다.

"옷 꼴이 대체 그게 뭐니?"

엄마다. 엄마의 얼굴을 절반쯤 덮은 선글라스에 잘생긴 내 얼굴이 비친다.

"엄마. 패션의 완성은 '얼굴'이야."

"그래도 그 꼴은 좀 심하지 않니?"

"내가 어때서?"

식기세척기에서 막 꺼낸 냄비처럼 반들반들한 엄마의 자동차에 내 모습을 이리저리 비춰본다. 목 늘어진 흰 면 티셔츠에 군복 같은 외투, 무릎이 살짝 나오긴 했지만 해진 데 없는 청바지와 뒤축이 약간 닳은 운동화, 잘생긴 얼굴에 옷발 잘 받는 길쭉길쭉한 팔다리. 이만하면 됐지.

"너 지금 백수 같아. 그 꼴로 어디 가서 엄마 아들이라 하지 마. 엄마 많이 부끄러우니까."

"엄마 계모지?"

"거울 좀 봐. 네 얼굴이 어디서 나왔나. 나 아니었음 그 얼굴은 꿈도 못 꿨을 거야."

선글라스에 반쯤 가려진 엄마의 얼굴을 유심히 본다.

"엄만 나보다 못생겼어."

빙그레 웃으며 엄마 약을 바짝 올린다. 엄마는 예쁘다. 세상에 엄마처럼 예쁜 사람은 또 본 적 없다. 딱 한 사람, 누나만 빼고. 엄마는 그게 약이 오르는 거다. 세상에서 자기가 제일 예쁜 줄 알았는데 누나와 내가 엄마는 명함도 못 내밀 정도로 잘 빚어져 세상에 나왔으니. 이건 전적으로 잘생긴 아빠의 도움이 컸다. 세상에 아빠처럼 잘생긴 사람은 또 본 적이 없다. 딱 한 사람, 나만 빼고. 엄마와 아빠의 합작품인 누나와 나는 엄마아빠는 비교도 못할 정도로 예쁘고 잘생기게 태어났다.

"집까지 걸어와. 내 차 탈 생각 말고!"

엄마의 빨간 스포츠카가 나를 남겨두고 무정하게 떠난다. 괜한 오해들 할까 봐 말해두는 건데 엄마가 늘 저런 식으로 나를 대하는 건 아니다. 엄마도 엄마니까. 평소에는 여느 엄마들과 다름없지만 오늘 엄마가 저러는 덴 이유가 있다. 나는 거적때기를 걸쳐도 멋스러우니까. 그거에 심술이 난 거다. 엄마도 예쁘긴 하지만 거적때기를 걸쳐봐도 멋스러울 만큼은 아니니까. 엄마도 사람인지라 질투가 났을 거다. 그렇지만 날 이렇게 낳아놓은 건 엄마인걸.

"필승군! 교복 찾아가야지!"

길 건너에서 세탁소 아저씨가 나를 부른다. 어제 맡겨놓은 교복을 찾아가는 날이다. 교복은 토요일마다 세탁소에 맡긴다. 누나가 중학교에 입학하면서부터 계속 그래왔다. 세탁비는 지불하지 않는다. 누나가 이 세탁소를 이용한다는 이유만으로 근방에 사는 모든 학생들이 이 세탁소로 몰려들었으니까. 저 여자애가 입은 것처럼 고쳐주세요. 다들 그렇게 말했단다. 누나는 특별히 수선한 곳이 없는데도 말이다. 바보들, 거울 좀 보지. 누나는 그런 애들을 멀찍이 서서 지켜보며 말했다. 나라고 예외는 아니었다. 아저씨는 내가 중학교에 입학하자마자 내 교복을 뺏듯이 가져가 자발적으로 세탁을 해주었다. 역시 나를 알고 있는 아이들이 몰려들었다. 이곳에서 세탁한 교복을 입으면 장필승처럼 될 거란 헛된 희망이 세탁소 아저씨의 주머니를 불려주었다. 바보들, 거울 좀 보지. 나 역시 그렇게 말했다. 교복의 완성은 '얼굴'이니까.

"고맙습니다."

누나는 이것도 '얼굴값'이라고 했다. 하지만 인사는 공손하게 하랬다. 누나는 '얼굴값'의 정의를 긍정적으로 바꾸고 싶어 했다. 얼굴값 한다는 소리가 비아냥거리는 것처럼 들리지 않는 그날까지 우리 둘이 노력하자고 했다. 우리같이 생긴 애들이 예의까지 바르면 더 재수 없겠지만 얼굴값 하느라 싸가지 없다는 억울한 말을 듣고 싶진 않다고.

"아휴, 내가 고맙지. 니들은 어쩌면 예의도 그렇게 바르니. 다음 주에도 또 와야 한다! 꼭!"

공짜로 세탁을 마친 교복을 받아들고 집으로 걸어간다.

참 살기 쉬운 세상이야……. 누나의 말처럼, 우리에겐 세상을 살아가는 게 참 쉽다. 정말로 쉽기만 하다.

엄마는 도마에다 화풀이를 하고 있다. 감자를 눕혀놓고 탕탕탕 내리친다.

"네 아빠는 오늘도 늦는단다!"

짜증스러운 엄마의 비위를 맞춰야 하니 힘겨운 저녁시간이 될 듯하다. 아빠는 자주 늦게 퇴근한다. 아빠가 하루 이틀 늦는 것도 아닌데 새삼스럽게 도마에 화풀이를 하고 있는 엄마의 태도를 보니 오늘 아빠가 늦는 이유는 회식인가 보다. 엄마는 아빠만큼 곧고 바른 사람이 없다는 걸 알면서도 아빠가 회식으로 늦을 때마다 도마에다 분을 푼다.

"열 여자 마다할 남자는 없어."

"대신 엄마만큼 예쁜 여자도 없어."

"젊은것들이 작정하고 달려드는데 마다할 남자가 있을까?"

"내가 아빠 마음은 백 퍼센트 알진 못해도 남자 마음은 얼추 알 거 같거든. 남자는 예쁘면 장땡이야. 세상에 엄마보다 예쁜 여자는 누나뿐인데 뭘. 웬만한 여자애들은 성에 안 차. 다 전봇대처럼 보인다니까? 가슴이 안 뛴다고."

내 말에 화가 누그러들었는지 도맛소리가 잦아든다. 아빠가 일밖에 모른다는 걸 알면서 엄마는 괜한 데 신경을 곤두세운다. 엄마를 두고 방으로 들어온다. 이 정도 했으면 아들의 도리는 다 한 것 같으니까. 켜켜이 쌓인 편지와 선물들을 하나하나 뜯어본다. 교복을 입은 학생들이 보낸 선물은 종류가 그다지 다양하지 못하다. 초콜릿이나 파이 같은 군것질거리가 가장 많고 학용품이 그 뒤를 잇는다. 가끔 옷이나 모자 같은 것들도 섞여 있긴 하지만 선물 받은 것들은 절대 착용하지 않는다는 철칙이 있으므로 곧장 옷장 안 박스로 들어간다. 저 많은 편지를 집에다 쌓아둘 순 없으니 편지는 꼬박꼬박 읽고 버린다. 한 줄도 빠짐없이 읽어야 한다는 건 누나에게 배웠다. 그들의 마음은 못 받아줄지언정 성의는 무시하지 말 것. 그다지 다를 것 없는 내용의 편지를 죽죽 읽어내야 하는 건 상당한 인

내심을 필요로 하는 일이다. 엉덩이를 바닥에 붙이고 몇 시간이고 앉아 있는 훈련이 절로 되다 보니 공부도 꽤나 잘하는 편이 되었다. 집중력마저도 끝내주는 남자가 되어버렸단 뜻이다. 이러니 누구도 감히 나를 싫어할 생각조차 못하는 거지. 재수 없다는 말은 몇 번 들은 적 있지만.

잠깐 내려와

누나가 문자메시지를 보내왔다. 오늘도 '얼굴값'을 톡톡히 치렀나 보군.

"누나가 잠깐 내려오래."

슬리퍼를 꿰신고 잽싸게 현관문을 열고 밖으로 빠져나온다.

"그 꼴로!"

닫히는 현관문 사이로 국자를 든 엄마의 모습이 얼핏 보이는 듯해서 엘리베이터를 두고 계단으로 뛰어 내려간다. 엄마는 몇 번 보고 말 사람일수록 더욱 완벽한 모습을 보여줘야 한다고 귀에 딱지가 앉도록 말하고 또 말했다. 몇 번 보고 말 사람이란 바보같이 웃으며 누나 시중들기 바쁜 남자들을 두고 하는 말이다. 엄마가 모르는 한 가지가 있다. 개떡같이 입어도 찰떡 같은 내가 빛나는 얼굴을 들이미는 순간 그 남자들이 얼마나 초라한 표정을 짓는지, 감히 누나를 가져야겠다는 생각을 엄두조차 못 내게 만드는 게 목 늘어진 티셔츠를 걸친 내가 해내야 할 일이란 걸. 누나도 그런 의도에서 나를 부른 것이다. 오늘 만난 녀석도 누나의 맘에 들지 못했군.

"이거 들어."

누나가 커다란 종이가방을 건넨다. 꽤 묵직한 거 보니 또 가방이구만. 누나에게 명품을 모으는 해괴한 취미가 있는 건 아니다. 그저 남자들이 알아서 명품을 갖다 바칠 뿐.

"내 동생이에요. 오늘 고마웠어요."

남자를 썩 마음에 들어 하는 것 같은 얼굴은 아닌데도 누나는 미소를 잃지 않는다. '얼굴값' 하느라겠지. 남자는 어쩔 줄 모르는 얼굴로 내게 꾸벅 인사를 한다. 횡설수설 알아듣지 못할 말을 하며 당황한 표정을 감추지 못한다. 이쯤에서 남자도 예감했을 거다. 이 여자와 대면하는 건 오늘이 마지막이란 걸.

탈락.

저 남자도 아니구나. 누나는 제발 이 지겨운 남자에게서 벗어나길 기다리는 표정으로 고개를 더욱 꼿꼿이 쳐든다.

"누나가 만나고 다니는 남자는 왜 다 저 모양이야?"

도망치듯 사라지는 자동차 뒤꽁무니를 보며 누나에게 말을 건넨다. 얼굴이야 어쩔 수 없다. 우리처럼 생기는 건 불가능하고 우리를 털끝만큼 닮기도 어려운 일이니까. 그래도 최소한 너절해 보이진 말아야지.

"공주가 왕자를 만나는 일은 단 한 번뿐일 거야."

"허! 공주?"

"그때를 기다리는 거야."

"왕자도 아닌데 이런 건 왜 받아와?"

비아냥대며 손에 들린 가방을 무릎으로 툭툭 찬다. 남자의 새까만 자동차가 멀리멀리 사라진다.

"공주 만나러 올 때 빈손으로 오는 사람이 있어?"

"동화책을 너무 봤네, 너무 봤어."

고개를 절레절레 흔들며 엘리베이터에 올라탄다. 자랑스러운 얼굴로 누나의 새 가방을 맞이할 엄마의 모습이 눈에 선하다.

세상은 참 불공평하지. 누나는 우리나라에서 세 손가락 안에 든다는 대학에서 경영학을 전공하고 있다. 졸업하기까지 두 학기 정도 남았으며 한 번도 장학금을 놓친 적이 없다. 사람들은 누나에게 공부를 왜 하냐고 묻는다. 그 정도 인물이면 좋은 남편 만나서 팔자 고치고 살 수 있을 텐데라고 말끝을 흐리며. 누나는 대답한다. 남들만큼만 했을 뿐인데 성적이 잘 나오는 거라고. 남들은 믿지 않지만 난 그 말을 믿는다. 나 또한 그러하니까. 세상은 공평하다는 말은 고로 모두 거짓이다. 누나는 아마도 아나운서가 될 모양이다. 방송사 시험을 준비한다고 했으니. 아나운서가 언제부터 누나의 꿈이 되었는지 모르겠다. 그게 누나가 정말로 원하는 건지도 모르겠고. 길거리캐스팅이라고 하던가. 누나도 나만큼이나 엄청나게 많은 명함을 받아왔다. 어떻게 알았는지 유명한 배우들이 가득한 회사에서 집으로 전화를 걸어오기도 했다. 어마어마한 계약금을 들이밀고서. 우리 가족의 의견은 늘 일치했다.

연예인 하기엔 아까운 얼굴이지.

나도 곧 진로를 정해야 한다. 수능이 코앞이다. 내 성적이라면 웬만큼 괜찮은 대학엔 다 입학이 가능하다고 한다. 성적에 맞춰 대학을 가지 않아도 되는 행운이 주어진 것이다. 이 정도면 내 성적이 어느 정도인지 가늠이 되겠지. 아무리 생각해도 세상은 참으로 불공평하다.

회사사람들은 아빠를 '부장님'이라 부른다. 아빠는 남들보다 빠른 승진이 얼굴 때문이라는 소리를 듣지 않기 위해 회사일이라면 두 발 벗고 나섰다. 회식에 빠지는 법이 없고 야근을 밥 먹듯 했지만 한 번도 넥타이가 삐뚤어지거나 와이셔츠가 흐트러진 모습을 보인 적이 없다. 피곤할 만도 한데 아빠의 얼굴엔 미소가 가득했고 충혈된 눈에서도 은은한 빛이 감돌았다. 누나의 이상형은 자연스레 아빠가 되었다. 애석하게도 나의 이상형은 엄마가 아니지만.

"밥 먹고 왔어."

누나가 내 손에 든 종이가방을 뺏어들고 쌩하니 방으로 들어가 버린다. 아침에 엄마와 누나가 한바탕 전쟁을 벌였었다. 아빠가 아니었다면 이웃집에 고약한 성질머리들을 들키고도 남았을 정도로 언성이 높았다.

"누굴 닮아 저런지."

엄마가 혀를 끌끌 차며 앞치마에 손을 닦는다. 아침에 있었던 기막힌 전쟁의 원인이 바로 저 앞치마였다. 엄마가 직접 만든 앞치마. 아침에만 해도 레이스가 치렁치렁하더니 지금은 앞주머니에만 얌전한 레이스가 가지런하게 달려 있다. 누나는 엄마가 며칠 공들여 만든 앞치마를 보며 촌스럽다고 했다. 엄마의 자존심에 금이 가는 소리가 들려온 즉시 엄마와 누나의 전쟁이 시작되었다. 식탁을 사이에 두고 앉은 두 여자의 목에 핏대가 솟아올랐다. 아빠는 침착하게 양쪽을 오가며 중재에 나섰다. 이런 일 한두 번이 아니라 그런지 아빠의 솜씨는 능숙했다. 나는 한 걸음 뒤로 물러서서 그 모습을 바라보며 팔짱을 끼고 가만히 고개만 끄덕였다. 역시 부장님은 달라. 초고속 승진에 아빠의 얼굴이 조금도 영향을 미치지 않았을 거라고 생각하진 않지만 그 얼굴에 걸맞은 능력을 가지고 있었기에 가능한 일이지 않았겠는가. 아빤 누나가 말하는 긍정적인 '얼굴값'을 톡톡히 해내며 살아온 거다.

"어떤 놈이디?"

엄마가 샐쭉한 얼굴로 쾅 닫히는 방문을 쳐다보며 묻는다.

"몇 번 보고 말 놈."

"그런 놈한테 내 아들이 무릎 나온 바지 입은 꼴을 들켰단 말이지? 내가 못살아!"

"아휴, 엄마. 나한테 옷은 무의미한 존재라니까. 뭘 입든 내 얼굴이 다 잡아먹어요. 알면서 그래."

엄마가 등짝을 후려친다.

"아! 아파! 엄마! 우리 품위 좀 지키자! 어? 우리 얼굴에 걸맞은 품위 좀 지키며 살자고!"

등짝을 문지르며 인상을 쓰자 엄마는 무안했는지 목소리를 가다듬고 교양 있는 사모님의 모습으로 되돌아간다.

"미안, 아들."

앞치마를 반듯하게 펴고 사뿐사뿐 부엌으로 걸어가는 엄마의 뒷모습에 피식 웃음이 난다. 우리 엄마 귀엽기까지 하네. 역시 세상은 불공평해.

아이크림을 바르지 않아도 되게 해드릴게요

아무도 내가 머리를 자른 걸 눈치채지 못한다. 상관없지만 가끔 섭섭할 때가 있다. 1분단 제일 뒷자리, 유난히 눈부신 햇살이 창문을 통과할 때면 금광이라도 발견한 것마냥 내 자리에서 빛이 난다는 이야길 선생님들에게서 자주 듣는다. 거기다 공부도 잘해, 운동도 잘해, 예의도 발라…….

그래서 내가 왕따인 건가.

"반장, 담임이 교무실로 오래."

부반장이 한 발자국 떨어져 서서 담임의 말을 전한다. 내가 싫어서 내 곁으로 다가오지 않는 게 아니란 걸 안다. 감히 다가올 엄두를 못 내는 것뿐이다. 녀석이 무안할 정도로 환하게 웃어주면 그만이다. 나쁜 마음은 나쁜 마음에 전달되고 좋은 마음은 좋은 마음에 전달된다. 난 마음을 믿는다.

오직 남자들만 득실대는 이곳에서 나를 친구라 부르는 녀석은 없다. 대놓고 따돌리진 않지만 부러 다가오는 녀석도 없다. 이해는 한다. 상관없지만 가끔 외로울 때가 있다. 차라리 남녀공학이었다면 좋았을걸.

만장일치로 반장이 되었다. 반장이 된다는 게 얼마나 귀찮은 일인지 반장을 해보지 않은 사람은 모를 것이다. 학교라는 걸 다니기 시작한 이래로 나는 매년 반장의 자리에 앉아 있었다. 이해는 한다. 내가 반장을 하지 않으면 누가 반장을 하겠는가.

가방을 책상 옆에 걸어두고 자리에서 일어선다. 담임은 대체 아침부터 나를 왜 찾는 걸까. 아침 일찍 일어나 부산을 떨던 엄마는 결국 교복을 풀 먹인 것처럼 빳빳하게 다려놓았다. 이런 거 정말 싫은데. 거적때기를 걸쳐놔도 번쩍번쩍거리는데 이렇게나 교복을 단정하게 입혀놓으니 아이들이 내 옆에 다가올 생각을 못 하는 거 아닌가.

교실을 빠져나가며 목 끝까지 잠근 단추 하나를 푼다. 라면을 두 개쯤 끓여 먹고 잔 것인지 아이들의 얼굴이 약속이나 한 것처럼 퉁퉁 부어 있다. 아이들의 시선이 뒤통수에 차례차례 꽂힌다. 시선에도 온도가 있다. 적어도 이 교실엔 나를 싫어하는 사람은 없다고 확신한다. 유리창에 비친 내 얼굴을 보면 나도 녀석들의 마음을 이해할 수 있으니까.

아무도 나랑 친구가 되려고 하지 않는 건 내가 너무 비현실적이기 때문일 거라고 명수는 말했었다. 명수라도 이 자리에 있었다면 덜 외롭다고 느껴질까. 여섯 살, 유치원에서 처음 만난 명수는 내가 친구라 부를 수 있는 유일한 녀석이지만 어찌 된 영문인지 한 동네에 살면서도 늘 다른 학교에 배정받는 바람에 한 번도 같은 학교를 다닌 적은 없다.

"이번 모의고사에서도 반장이 1등을 했어."

담임의 목소리는 교무실에 있는 사람이라면 다 들릴 듯이 쩌렁쩌렁하다. 담임마저 나를 반장이라 부른다. 이 학교에서 내 이름을 불러주는 이는 한 명도 없다. 반장이 된 그날부터 내 이름은 반장이 되어버렸다.

"아, 네."

언제 내가 1등이 아닌 적이 있었나? 새삼스럽게 이런 얘기나 하려고 아침부터 나를 부른 건가. 담임은 작년에 대학을 막 졸업한 신출내기이다. 나보다 열 살이나 많지만 머리가 반쯤 벗겨진 국사 선생님과 나란히 앉은 걸 보니 앳되기 그지없다.

"선생님은 네가 정말 자랑스럽다."

"아, 네."

거짓이 아니다. 나를 보는 선생님의 눈망울에는 존경이 어려 있다.

"의사가 될 거니?"

"아니요."

"그럼 판사?"

"것도 별로……."

"그럼 하버드에 가는 건 어때?"

"네?"

선생님의 의중은 무엇인가. 머리를 긁적이며 선생님 앞에 펼쳐진 입시자료를 쳐다본다.

"아직 진로를 결정하지 못한 사람은 반장뿐이야. 선생님은 반장에 대한 기대가 크다. 사실 우리 반에 내세울 만한 성적을 가진 녀석은 반장뿐이잖니. 선생이 된 첫 해에 반장의 담임이 된 건 천운이라 생각해. 반장은 영원한 나의 자랑이 될 거니까."

자랑이 아니라 실적이겠지. 내가 좋은 대학을 가서 학교의 위상을 세우면 교장이 엄청 좋아할 테니까.

"다른 애들은 말이야, 주제도 모르고 성적에 맞지도 않은 대학을 적어 와선 갈 수 있는 방법을 마련해달라고 무작정 조른다니까. 내가 무슨 입시학원 선생도 아니고 말이야……. 하향지원을 하든가 피 터지게 일 년 더 공부를 하든가 해야지. 지들이 열심히 안 한 걸 왜 내 탓으로 돌리느냔 말이야."

담임의 얼굴은 지나치게 갸름하다. 턱은 강판으로 갈아놓은 것처럼 뾰족하다. 삼각형을 거꾸로 세워놓은 것 같은 그의 얼굴이 오늘따라 유난히 더 비열해 보인다. 최근엔 어디서 연예인 누구를 닮왔다는 소리를 들었는지 자신과 닮은 연예인을 맞히는 게임으로 수업시간을 10분씩이나 잡아먹는다. 담임은 내 얼굴을 보고서도 기가 죽지 않은 유일한 사람이다. 처음 교실 문을 열고 들어와 나를 보았을 때 적잖이 당황했던 걸 기억한다. 내 얼굴 한 번 보고 유리창에 비친 자신의 얼굴을 한 번 보고 또 내 얼굴 한 번 보고 휴대전화 액정에 비친 자신의 얼굴 한 번 보기를 반복했다. 안타깝게도 금세 극복하고 말았지만. 담임은 그렇게까지 출중한 외모를 가지고 있지 않은 것 같은데 이상하게 자신이 세상에서 제일 잘생긴 사람이라고 알고 있는 것처럼 군다. 자신의 별명이 '밥맛'인 걸 아직도 모르려나.

"하긴 전공이 뭐 중요하겠어. 우리나라 최고 대학 문턱만 밟으면 끝인데, 끝."

"아, 네."

대학은 내가 알아서 가겠다는 말은 하지 않았다. 선생님이 등록금 내줄 거 아니면 상관 말라는 말도. 밥맛에게 밥맛없이 굴 순 없다. 난 내 얼굴에 맞는 성품을 가져야 하니까. 전교 1등인 나보다 다른 애들한테 좀 더 신경 쓰는 게 어떻겠냐는 말도 삼켜야겠지.

"누나는 대학생이지?"

"네? 네."

담임이 갑자기 누나에 대해 물어보는 이유를 생각하느라 담임의 정수리에 시선을 안착시킨다. 별 뜻 없는 말이었을지 모르지만 담임의 입에서 누나가 튀어나온 것이 썩 기분 좋지만은 않다.

"그래, 가봐. 의사가 될지 판사가 될지 조만간 정해서 진로카드 작성하고."

"아, 네."

진로카드를 손에 들고 담임에게서 겨우 벗어났다. 발바닥을 벅벅 긁고 있던 국사선생님이 누런 이가 보이도록 환하게 웃으며 알은체를 했다. 어쩐지 담임에겐 정이 안 간다. 차라리 '무좀'이라 불리는 국사선생님에게 사랑한다고 말하고 말지.

창밖으로 교문 앞에 서 있는 낯익은 전봇대가 보인다. 진짜 전봇대가 아니라 어제 미용실에서 봤던 여자애. 얼굴이 전봇대처럼 평범했던 그 여자애 말이다. 창문에 기대어 전봇대를 내려다본다. 남자애들이 한 움큼씩 우르르 빠져나갈 때마다 전봇대는 진짜 전봇대 뒤에 찰싹 달라붙어 몸을 숨긴다. 저러니 뭐가 진짜 전봇댄지 정말 구분이 안 가는군.

전봇대가 결국 학교 앞까지 찾아왔다. 전봇대에게 어제 무슨 일이 있었는지 맞혀볼까?

전봇대는 헤어살롱에서 나를 처음 보았다. 눈을 비벼보고 팔뚝을 꼬집어도 봤다. 책상에 엎드려 단잠을 자다 꾸는 꿈이 아니란 걸 곧 깨달았겠지. 머리를 다 자르고도 곧장 집으로 돌아갈 수가 없었다. 미용실 안엔 내가 있고 내 얼굴에서 잠시도 눈을 떼고 싶지 않았을 테니까. 미용실에서 내가 나오자 전봇대 뒤에 후다닥 몸을 숨겼다. 몰래 쫓아가는 걸 내게 들킨 뒤에는 집까지 가는 내내 가슴이 콩닥콩닥 뛰었다. 머리는 새하얘졌고 눈앞은 핑글핑글 돌았다. 한번만 더 나를 볼 수 있다면 여한이 없겠다는 생각도 했다. 밤새 내 얼굴이 눈앞에 아른거려 잠 한숨 못 잤겠지. 밥에도 국에도 반찬에도 온통 내 얼굴이 동동 떠다녀 한술도 뜨지 못했다. 퀭한 얼굴로 겨우겨우 학교까지 갔다. 전봇대의 엄마는 전봇대가 어디 아픈 줄 알고 온종일 마음이 쓰였을 테다. 괜한 걱정 하느라 하루 일과에 차질을 빚진 않았으면 좋겠는데. 전봇대는 학교에 가자마자 친구들에게 내 얘길 쏟아냈다. 이름도 모른다, 학교도 모른다, 집도 모른다……. 그 남자앨 어디서 다시 만날 수 있을까? 그렁그렁 매달린 눈물을 소매로 훔치며 절망감에 빠져 있을 때쯤 구세주가 나타났다. 장필승. 구세주가 내 이름을 말했겠지. 이름 나이 학교 같은 걸 줄줄 읊을 수 있는 여학생이 곳곳에서 손을 들고 나타나 전봇대를 절망감에서 구원해주었다. 그런 기분을 너만 느낀 게 아니라며 초코우유를 사이에 두고 위로를 나눴겠지. 전봇대는 엉덩이가 들썩거려 수업시간 내내 곤욕을 치렀다. 종이 땡 치자마자 가방만 챙겨들고 우리 학교까지 달려왔고 지금은 교문 밖에서 내가 나오기만을 간절히 바라고 있는 중이고…….

기어이 학교 앞까지 찾아오고 만 전봇대가 나를 기다린다. 먼 걸음 했을 테니 기꺼이 얼굴 한번 보여드리지. 가방을 둘러메고 교실을 빠져나간다. 좋아하는 마음은 딸기 같은 거라고 누나는 말했다. 쉽게 상처받고 힘주면 으스러진다. 몇 번 더 보여준다고 우리 얼굴이 닳는 건 아니라고, 마음은 주지 못하더라도 우릴 좋아해주는 보답으로 얼굴 몇 번 보여줄 순 있는 거라고. 사실 전봇대가 시기질투미움으로 가득한 여자만 아니라면 여자친구까진 아니더라도 그냥 친구 정돈 되어줄 마음은 있다. 결국 다른 여자애들의 시기질투미움을 이기지 못해 금방 나가떨어질 게 뻔하지만.

실컷 보라고 교문을 천천히 빠져나온다. 조금은 따라와도 되지만 집까지 쫓아오는 건 곤란하니 적당한 시점에서 어제처럼 휙 뒤돌아줄 예정이다. 아직은 우린 친구가 아니니까.

톡톡.

이슬이 풀잎에 내려앉듯 등을 두드리는 손길이 조심스럽다. 어쭈? 제법인데? 보통 용기가 아니고선 내 몸에 손대는 게 쉽진 않았을 텐데. 전봇대, 보기보다 과감하다. 처음은 봐줄 수 있지만 두 번은 안 된다. 보는 건 닳지 않지만 만지면 닳는다. 내 뒤를 쫓아다니는 여자애들에게 허용되는 건 오직 시각뿐이다. 약간 인상을 써줄 필요가 있겠어. 다신 건드리지 못하도록. 미간을 잔뜩 웅크리고 뒤를 휙 돌아본다.

"학생, 안녕?"

아줌마? 내 등을 두드린 건 전봇대가 아니었다. 시꺼먼 선글라스로 얼굴을 반쯤 가린 헤어살롱 아줌마가 가볍게 손을 흔들고 있다.

"놀랐어? 미안. 놀라게 할 생각은 없었는데. 다시 봐도 참 잘생겼네, 우리 학생. 학생 엄마는 참 좋겠어. 아들이 잘생겨서."

"저기……. 여긴 어떻게……."

"할 말이 있어서. 중요한 얘긴데 시간 좀 내줄 수 있지?"

아줌마는 주변을 두리번거리며 이야기할 장소를 물색하는 듯했다. 내게 무슨 할 말이 남았는지 모르겠지만 아줌마와 더 이상 엮이면 안 될 것 같다는 예감이 불현듯 들었다.

"제가 시간이 별로 없는데. 학원도 가야 하고."

학원은 다니지 않지만 거짓말이라도 대충 둘러대야 했다.

"학원보다 더 중요한 이야기야."

단호하다. 억지로라도 끌고 가겠다는 투다. 설마 납치 같은 걸 하려고 그러는 건 아니겠지? 전봇대가 어디선가 이 상황을 주시하고 있으면 좋겠다. 혹여 나쁜 일이 발생할 경우 바로 경찰에 신고할 수 있게. 전봇대는 대체 어느 전봇대 뒤에 숨었기에 보이질 않는 거야. 나는 굳건히 자리를 지키고 서서 따라갈 마음이 없음을 표시해 보인다. 그러고 보니 아줌마의 행색이 너무 요란하다. 백금발로 염색한 머리카락하며 흰 피부를 더 도드라져 보이게 하는 빨간 입술에 저승사자 같은 시커먼 망토를 휘두르고 있다. 하교 중인 애들이 흘끔흘끔 우리 쪽을 쳐다본다. 이젠 요란한 차림의 아줌마까지 학교 앞으로 찾아오네, 라고 생각하겠지.

"가족사진 좀 보여줄 수 있어?"

이 아줌마 정말 이상하다. 남의 가족사진이 왜 궁금한 거야. 설마 우리 아빨 꼬시려고 그러는 건 아니겠지.

"아우, 뜨거."

중천에 있던 해가 기울어진 지 한참이 지났는데도 아줌마는 가방에서 양산을 꺼내 펼친다.

"내 피부가 좀 약해. 헤헤."

의심스러운 눈빛을 읽은 건지 아줌마가 갑자기 변명을 늘어놓기 시작한다.

"아니, 학생이 돌아간 뒤로 자꾸 학생 얼굴이 눈앞에 왔다 갔다 하는 게, 상사병이 이런 걸까. 아니아니, 그런 눈으론 보지 말고. 내가 학생을 뭐 어떻게 하겠다는 건 아니니까. 이렇게 잘생긴 얼굴을 나만 알긴 아깝다는 생각이 들더라고. 이름표 색깔이 빨간 거 보니까 고3이구나? 미용실에 이 학교 학생들이 많이 와서 이름표 색깔만 봐도 몇 학년인지 알아. 학생, 유명하더라? 나 이 동네서 꽤 오래 있었는데 왜 여태 학생을 몰랐지? 왜 우리 미용실에 한 번도 안 들른 거야. 내가 이 동네에선 가위질 잘하기로 꽤 유명하다구. 참참, 수능 치고 나면 뭐할 거야? 누나가 있다 그랬지? 누나는 뭐해? 누나도 학생인가? 대학생? 에이, 그렇게 멀뚱히 서 있지 말고 가족사진 있음 좀 보여주라. 닳는 것도 아닌데. 학생 가족 얼굴이 진짜 궁금하단 말이야. 내가 어제 잠을 못 잤다니까? 대체 부모가 어떻게 생겼기에 학생 같은 얼굴이 나오나 해서 말이야. 손님들한테 물어

보니 학생 가족들 이 동네에서 꽤 유명하던데? 누나뿐만 아니고 엄마아빠 인물도 장난 아니라며? 그냥 오지랖 넓은 아줌마라 생각하고 그냥, 어? 나 진짜 궁금해. 한 번만 보여주라. 어?"

아줌마의 새빨간 입술이 쉴 새 없이 움직인다. 한 발 한 발 다가오던 아줌마는 내 코앞까지 와서 징그럽게 콧소리를 내며 앙탈 같은 걸 부린다.

"가족사진 같은 거 안 들고 다닌다니까요!"

도망가는 수밖에 없다. 난 남들보다 긴 다리를 가진 열아홉 소년이다. 양산을 들고 선 아줌마가 아무리 뜀박질을 잘한다 해도 내 뒤를 금세 쫓아올 순 없을 것이다. 난 달리기마저 무지 빠르니까. 체력장을 했다 하면 언제나 1등이다. 내 기록을 따라오는 사람은 이제껏 본 적이 없다. 이렇게 말하고 보니 난 정말 완벽하구나 싶다. 배려랍시고 억지로 못하는 척 할 순 없는 거니까 재수 없다고 해도 어쩔 수 없다. 그래서 내가 누누이 말하지 않았는가. 세상은 불공평하다고.

"어? 아빠!"

아빠 차가 내 옆을 지나간다. 이틀 만에 만나는 아빠다. 아빠가 제시간에 퇴근하는 게 얼마 만인지 모르겠다. 집에 가면 진수성찬이 차려져 있겠지. 엄마는 아빠한테 잔뜩 화가 났다가도 아빠 얼굴만 보면 배시시 웃으며 화가 풀린다. 내가 봐도 우리 아빠처럼 좋은 남자는 세상에 둘도 없다. 게다가 잘생기고 능력까지 좋으니. 하지만 회의 준비로 내가 눈뜨기도 전에 일어나 출근했다는 아빠가 든든하게 아침을 먹고 나갈 수 있었던 것이 오직 그 이유 때문만은 아니다. 엄마는 아빠를 진짜 정말 많이 엄청 사랑한다. 한 번도 서로에게 사랑한다고 말하는 걸 들은 적 없지만 19년 동안 엄마를 옆에서 죽 지켜본 장본인으로서 장담할 수 있다. 아빠도 그 정도로 엄마를 좋아하는지는 모르겠다. 가끔은 아빠에게 받는 것보다 배의 사랑을 주는 엄마가 안쓰럽긴 하지만 좋아하는 마음은 공평할 수 없다는 누나의 말을 받들어 두 분의 사랑을 이해하기로 했다. 그런 걸 보면 누나는 아빠를 더 많이 닮은 것 같기도 하다. 누나가 한 번도 누굴 좋아하는 티내는 걸 본 적이 없다. 좋아하는 마음을 들키면 끝이라 생각하거나, 한 번만 만나달라고 줄지어 선 남자들에 질려버렸거나, 마음이 꽝꽝 얼어붙은 저주에 걸린 마녀이거나. 왠지 첫 번째 경우일 것만 같은 건 전교 1등의 예리한 직감이라고 해두자. 잘 찍는 것도 실력이니까.

"어이, 아들. 오랜만이다."

집 앞 주차장에 주차를 마친 아빠가 시동을 끄고 차에서 내린다. 며칠 내리 야근에 회식이 이어지더니 아빠의 얼굴이 조금 피곤해 보인다. 음식물쓰레기를 버리러 나오던 동네 아줌마들이 넥타이를 단정하게 맨 아빠를 슬쩍슬쩍 돌아본다. 서로 속닥속닥거리다 오호호호 방정맞은 웃음으로 이어지는 걸 보니 아빠가 아줌마들의 대화 주제인가 보다.

"일찍 퇴근했네?"

"네 엄마 눈치가 좀 보여야지."

"엄마 화낼 땐 엄청 무섭지? 마녀가 따로 없어."

대답은 하지 않았지만 아빠가 슬쩍 고개 끄덕이는 것을 보았다. 우리 집 여자들의 성질이 보통이 아닌 건 사실이니까.

잠깐.

뒤통수가 뜨끈뜨끈한 게 예사롭지 않은 기분이 든다. 누군가 있는 게 틀림없다. 시선에도 온도가 있으니까. 어릴 때부터 하도 사람들이 쳐다봐서 그런지 몰라도 나는 누군가 쳐다보고 있단 걸 기가 막히게 알아차린다. 이럴 땐 의연하게 대처해야 한다. 설마 헤어살롱 아줌마는 아니겠지? 아빠 옆을 태연히 걷다가 시선이 느껴지는 곳으로 고개를 휙 돌려 쳐다본다.

전봇대다.

하루사이 많이 날렵해졌다. 벽 뒤로 몸을 급하게 숨기긴 했지만 내 눈은 피할 수 없지. 기어코 집 앞까지 따라왔군. 당분간 좀 귀찮게 생겼다.

"왜 그래?"

아빠가 덩달아 뒤를 돌아본다.

"아무것도 아니야. 엄마 목 빠지겠다. 빨리 집에 가자."

여자 문제로 집안을 시끄럽게 만들 순 없지. 가끔 그런 여자애들이 있긴 했다. 한마디 고백도 없이 장필승의 여자친구처럼 굴던 애들이. 그렇게 안 봤는데 전봇대도 그런 부류의 여자애였나 보다. 너무 잘난 것도 피곤하다, 피곤해.

딩동 딩동.

차임벨이 울린다. 학교도 가지 않고 온종일 잠만 잤다는 누나는 막 일어나선 세수도 않고 식탁 앞에 앉아 있다.

"택밴가? 네가 나가봐."

누나가 커다란 눈을 치켜뜨며 내게 지시한다. 실은 엄마보다 누나 성질이 더 고약하다. 누나 말을 거역할 시에는 무지막지한 복수를 퍼붓는다. 화장실에서 볼일을 보는데 불을 꺼버린다거나 양말 뒤꿈치를 가위로 잘라 구멍을 내놓는다거나. 다른 사람한테 하는 것만큼만 나를 대해준다면 정말 업고도 다니겠는데. 엄마는 간만에 일찍 들어온 아빠 밥그릇에 반찬을 얹느라 벨이 울린지도 모르는 거 같다. 예상대로 엄마는 상다리 휘어지도록 잔뜩 요리해놓고선 아빠가 오기만을 기다리고 있었다. 온종일 아빠만 기다린 사람처럼 아빠가 차에서 내리자마자 베란다에 서서 주차장을 향해 '여보'를 외치며 우아하게 손을 흔들었다. 입속으로 반쯤 들어간 밥숟가락을 도로 내려놓고 의자에서 무겁게 엉덩이를 떼어낸다. 이 판국에 현관문을 열러 일어날 사람은 나뿐이지 않는가.

"누구세요?"

대답을 듣지도 않고 습관처럼 문을 벌컥 연다.

"어?"

현관문 밖에는 선글라스를 낀 헤어살롱 아줌마가 서 있었다.

"나 잠깐 들어가도 되지?"

무작정 밀고 들어온 아줌마가 신발을 벗고 거실로 향한다. 위험한 세상이다. 아무에게나 벌컥 문을 열어주어서는 절대 안 되는데 어쩌자고 문부터 열고 본 것일까.

"어머! 식사 중이시네. 실례합니다. 전 장필승 학생의 전담 헤어디자이너입니다."

누나는 잡채를 젓가락에 휘감다 말고 입을 딱 벌린 채 굳어버렸다. 이럴 때 보면 누나는 영락없는 엄마 판박이다. 외모며 성격이며 꾸미지 않은 모습을 들키기 싫어하는 것까지도. 모든 면에서 엄마보다 더하면 더했지 덜하지는 않으니까. 며칠씩 세수를 하지 않아도 김치 국물이 튄 티셔츠를 입고 있어도 예쁘기만 한데 누나는 모두의 눈에 완벽해 보이길 원했다. 누나는 밤새 과제를 했다고 한다. 이제 겨우 일어나 세수도 못 하고 주린 배를 채우고 있는데 웬 낯선 아줌마가 예고도 없이 눈앞에 떡 나타난 것이다. 비명을 지르고 싶은 걸 꾹 참고 있다는 걸 나는 안다. 얼굴이 새색시처럼 불그스름해졌다. 당황한 건 누나뿐이 아니다. 아빠 옆에 찰싹 달라붙어 있던 엄마도, 불고기를 얹은 밥숟갈을 입에 집어넣던 아빠도 모두 놀란 기색이다.

"한 폭의 그림을 보는 것처럼 아름다운 광경이네요."

말릴 새도 없이 아줌마는 식탁 앞으로 성큼성큼 걸어간다. 능력 있는 부장님답게 아빠는 넣으려던 밥숟갈을 얼른 내려놓고 벌떡 일어나 손님을 맞이한다.

"아, 반갑습니다. 누가 우리 아들 머리를 저렇게 예쁘게 잘라놨나 했더니."

아빠가 손을 내밀어 악수를 청하자 엄마의 눈이 매섭게 빛난다.

"이렇게 반갑게 맞아주시니 몸 둘 바를 모르겠네요, 오호호호."

"안녕하세요. 필승이 엄마예요."

아빠가 내민 손을 가로막고선 엄마가 아줌마의 손을 잽싸게 낚아챈다. 코앞에서 아빠의 손을 놓친 아줌마의 낯빛이 조금 아쉬워 보인다.

"얼굴이 참 고우세요. 이거 다 어머님께서 하신 건가요? 어휴, 예쁜 여자들은 밥물도 못 맞출 줄 알았는데 솜씨가 좋으시네요. 저 아직 식전인데 맛 좀 봐도 될까요?"

피부는 핏줄이 다 보일 만큼 얇은데 낯은 참 두껍다. 뻔뻔스럽게 내 자리에 비집고 들어가 앉은 아줌마는 엄마가 밥을 푸는 동안 누나를 뚫어져라 바라본다. 누나는 나를 죽일 듯 쳐다보고 있고, 앉을 자릴 뺏긴 나는 어정쩡하게 서서 시베리아에서 불어오는 차가운 바람도 무참히 날려버릴 듯한 누나의 매서운 눈길을 묵묵히 받아들인다.

아줌마가 가면 난 죽었다.

낯선 풍경이다. 4인용 식탁이 꽉 찼다. 온 식구가 다 같이 모여 밥 먹을 일이 별로 없어 한두 자리는 늘 비어 있었는데 오늘은 꽉 차다 못해 앉을 의자가 없을 지경이다. 방에 가서 책상의자를 끌어와 앉았다. 어서 이 불편한 자리를 끝내야겠다는 생각에 밥이 코로 들어가는지 입으로 들어가는지 모르게 먹어치웠다. 이 자리가 불편하지 않은 건 아줌마뿐인가 보다. 반찬을 집을 때마다 시답잖은 농담을 내뱉고 혼자 키득키득 웃어댄다. 아빠는 억지웃음을 꾸미며 손님 대접에 충실했으나 엄마와 누나는 불편한 표정을 고스란히 드러낸 채 묵묵히 밥알만 씹어 삼킨다.

"제가 실례를 무릅쓰고 여기에 온 건……."

식사를 마친 아줌마가 물 한 컵을 다 들이켜고 소매로 입가를 훔치며 말을 잇는다.

"사실 저는."

아줌마가 허리를 꼿꼿이 세워 앉는다.

"저는, 뱀파이어예요."

우리 가족을 차례차례 바라보며 아줌마는 눈을 마주친다. 잠깐의 정적을 깨부순 건 누나의 콧방귀였다.

"허!"

밥을 반도 채 먹지 못한 누나가 입맛 없다는 표정으로 숟가락을 내려놓는다.

"그런 반응 예상했어요. 요즘 같은 세상에 내 말을 곧이곧대로 믿으면 순진하다 못해 멍청하다고들 하겠죠."

"잘 아시네요. 잘."

누나의 말투가 까칠하기 짝이 없다. 미소가 헤픈 누나의 얼굴이 딱딱하게 굳었다. 아줌마의 어이없는 발언에 화가 난 게 아니라 갑작스럽게 들이닥친 게 못마땅해서일 거다. 머리끝까지 바짝 당겨 올려 묶은 머리카락 때문에 눈매가 유난히 사나워 보인다.

"그래도 믿어주면 좋겠어요. 증명할 방법은 많으니까."

자못 당당한 아줌마의 태도에 할 말을 몽땅 잃은 우리를 대신해 누나 혼자 맹렬히 아줌마를 상대중이다. 여장부가 따로 없다.

"방금 밥 드셨잖아요. 뱀파이어는 피만 마시는 거 아니에요? 영화 보면 그렇던데?"

누나의 아니꼬운 반응에 아줌마는 같잖은 듯 픽 웃음을 터트린다.

"젊은 아가씨가 대체 언제 적 얘길 하는 거야? 호호. 요즘은 뱀파이어도 밥 먹어요. 피를 어디서 구해. 과학수사다 부검이다 얼마나 요란한데. 요즘 같은 시대에 사람 피 잘못 빨아 먹었다간 쇠고랑 차지요. 동물 피는 도저히 비려서 못 마시겠고. 내가 비위가 좀 약하거든."

"뱀파이어가 밥을 먹는다? 머리털 나고 그런 소리는 처음 들어보네요. 너도 처음 들어보지?"

누나가 나를 콕 집어 째려본다. 고개를 잽싸게 끄덕인다. 당분간 힘겨운 가정생활이 이어질 것 같군.

"적응해야죠. 세상이 나날이 발전하는데 뱀파이어라고 별수 있어요? 어쩔 수 없잖아요, 먹고 살려면. 굶어죽을 순 없고. 뭐든 처음이 어려운 법이에요. 밥도 먹어 버릇하니 괜찮다고들 하던데요. 요즘은 이유식도 쌀로 시작해서 피를 마실 줄 아는 뱀파이어는 잘 없어요."

"허!"

누나가 또 한 번 코웃음을 친다. 아빠의 걱정스러운 눈은 아줌마가 아닌 나를 향해 있고 엄마는 기가 막히단 얼굴로 빈 반찬그릇을 쟁반에 옮겨 담는다.

"그래서요? 그 얘기하러 불쑥 들이닥친 거예요? 남의 집엘?"

누나는 예의 바른 사람이다. 어른에게 저런 식으로 말하는 건 본 적이 없다. 지금 누나는 한계에 달하고 있는 거다. 이대로 놔뒀다간 성난 고양이 같은 성질이 드러날지도 모른다.

"뱀파이어 되고 싶은 생각 없어요? 난 이 가족이 마음에 들었는데."

"허!"

누나가 밥그릇을 들고 일어선다. 개수대에 그릇을 넣고 새침한 얼굴로 냉장고에서 우유를 꺼내 마신다.

"나 잘 테니까 깨우지 마. 특히 너! 조용히 해!"

누나가 그 희고 긴 예쁜 손가락으로 나를 콕 집어 가리킨다. 내가 아니라 아줌마한테 하는 말인 거 다 알지만 누나의 기분을 상하지 않게 하기 위하여 부러 고개를 크게 끄덕인다.

"잠깐, 잠깐만. 내 얘기 좀 진지하게 들어줘요."

아줌마가 벌떡 일어나 두 팔을 벌려 누나를 막아선다.

"정말 중요한 얘기라서 그래요."

"딸, 잠깐 앉아 있어."

아빠가 아기 다루듯 누나를 살살 달랜다. 누나의 폭주를 막을 수 있는 사람은 다정하고 자상한 아빠뿐이다. 엄마는 가는 한숨을 길게 내쉬며 눈을 질끈 감았다 뜬다. 여기저기서 날 향한 원망의 소리가 들려온다.

이건 다 내 탓이다, 내 탓!

헤어살롱 문을 여는 게 아니었다. 쌔고 쌘 게 미용실인데 왜 하필 저 아줌마가 있는 미용실엘 가서는 온 가족을 괴상한 일에 휘말리게 만든 건지.

"이해가 잘 안 가는데, 농담하시는 거지요?"

아빠가 정중하게 되묻는다.

"농담이라뇨."

아줌마가 고집스럽게 쓰고 있던 선글라스를 벗는다. 일순간 정적이 찾아왔다. 붉은 눈동자. 낯선 광경에 호기심이 인 건 나뿐이 아닌가 보다.

"설마 컬러렌즈 낀 거예요? 대체 왜? 그거 끼우면 예뻐 보일 거 같아서?"

누나가 아줌마 쪽으로 몸을 기울며 묻는다. 다시 한 번 강조하건대 누나는 정말로 예의 바른 사람이다. 누나의 심기를 건들지 않는다면.

"아니에요. 컬러렌즈가 아니에요. 실은 머리카락도 염색한 게 아니랍니다. 원래부터 백금발이에요."

"네?"

"이제야 믿으시겠어요? 저 정말 뱀파이어 맞아요."

우리는 서로를 흘끔흘끔 쳐다보며 무어라 대답해야 할지 고민했다. 뱀파이어라니. 차라리 매일 마법스프를 끓이는 게 일인 마녀라고 한다면 믿겠다. 머리카락과 눈동자 색깔이 특이하긴 하지만 세상에 뱀파이어가 어디 있다고.

"못 믿겠는데요."

제일 먼저 이성을 되찾은 누나가 팔짱을 끼며 날카롭게 대답한다.

"못 믿겠다면 어쩔 수 없고요."

아줌마가 다시 선글라스를 낀다.

"다들 안 믿는 눈치네요. 이럴 때가 제일 난감하죠. 본론부터 얘기할게요. 당신들이 뱀파이어가 되어주면 좋겠어요."

"흠. 저기……."

내내 잠자코 있던 아빠가 나서기로 마음먹은 모양이다.

"그쪽 말이 사실이라 해도 저희는 뱀파이어가 될 생각이 없습니다."

"죄송하지만 그렇게 딱 잘라 말하지 마시고 일단 제 말을 진지하게 들어봐주세요. 결정은 가족들의 몫으로 남겨둘 테니까요."

우리 셋의 표정은 점점 굳어가는데 아빠는 한사코 미소를 잃지 않는다. 아빠가 고개를 끄덕이자마자 아줌마는 말도 안 되는 이야기를 쏟아내기 시작한다.

"오래전부터 뱀파이어와 인간은 공존하며 살아왔어요. 많은 영화나 책에서 뱀파이어 이야기를 다룬 게 다 허무맹랑한 소리는 아니에요. 절반은 실제로 일어났던 일이니까. 아주 오래전 인간들의 성미가 고약했던 시절에 뱀파이어 대학살이 있었다고 해요. 뱀파이어들이 인간들을 홀리고 다닌다고 믿었기 때문이죠. 실제로 그 당시엔 당신들처럼 엄청난 미모의 소유자들이 뱀파이어 중에 많았다고 해요. 제대로 말하면 뱀파이어가 인간을 홀리고 다닌 게 아니라 바보 같은 인간들이 스스로 뱀파이어에 홀린 거죠. 뱀파이어에 홀린 인간들이 스스로 뱀파이어가 되길 자처하며 피를 빨리니 대학살이라는 극단책을 쓸 수밖에 없었을 거예요. 하지만 인간들은 그렇게 모질지 못해서 모든 뱀파이어를 깡그리 죽이진 못했어요. 차라리 그때 뱀파이어를 멸종시켰으면 저는 태어나지 않았을 테고 오늘날 우리가 만날 일도 없었을 텐데요. 어리석은 인간들이 예뻐고 잘생긴 뱀파이어만 골라서 처단한 거죠. 인간들이 절대 홀리지 않을, 평범하기 그지없는 뱀파이어들은 살려둔 채. 살아남은 뱀파이어들의 후손 중 하나가 저예요. 많지는 않지만 세계 곳곳에 퍼져 있어요. 모든 뱀파이어들이 저처럼 별난 외모를 가진 건 아니에요. 제가 좀 유별나게 태어난 거죠. 아니, 유별나지 않다고 해야 하나. 전통적인 뱀파이어의 전형적인 외모가 바로 나니까요. 피를 빨아 먹지 않게 되면서부터 뱀파이어들도 점점 인간의 외모를 갖추기 시작했다던데 전 이렇게 태어나버렸네요. 햇빛에 약해요. 그래서 언제나 긴 옷으로 몸을 가리고 선글라스를 끼고 다니는 거예요. 본론으로 들어가서 우리는 당신들이 필요해요. 뱀파이어의 미래를 생각하면 이대로 둘 수가 없어요. 인간을 뱀파이어로 만드는 건 금지된 조항이지만 당신들은 예외예요. 언제까지 평범하기만 한 유전자만 물려줄 순 없잖아요. 우리에겐 당신들의 그 아름다운 유전자가 필요해요. 뱀파이어의 미래를 위해서 한 방이 필요한 거죠!"

아줌마가 주먹을 불끈 쥐며 야심차게 말한다.

"댁 말이 다 사실이라 해도 우리가 왜 뱀파이어가 되는 희생을 감수해야 하죠?"

누나의 말투는 여전히 까칠하다.

"지금의 그 미모를 영원히 간직할 수 있으니까. 우리는 나이 들지 않아요. 아이크림을 바를 필요가 없단 소리죠. 뱀파이어마다 각각 정해진 나이가 있어요. 저의 경우는 마흔이죠. 전 마흔에서 몸이 멈추었어요. 만약 당신들이 뱀파이어가 된다면 뱀파이어가 된 순간의 나이에서 몸이 멈출 거예요. 더 이상 늙지 않게 되는 거죠. 죽을 때까지 지금의 미모를 간직할 수 있어요."

일순간 엄마의 눈이 반짝 빛났다. 아줌마가 엄마의 약점을 정확히 파고든 거다. 엄마가 누나를 보며 자주 한숨을 쉬었던 건 팽팽한 젊음 때문이었다. 엄마는 충분히 아름답지만 누나처럼 젊지는 않으니까.

"영화에서 보면 뱀파이어는 죽지도 않고 영원히 살던데?"

누나는 아줌마의 말에 어폐가 있음을 증명하려는 듯 말끝마다 꼬리를 잡고 늘어진다.

"그건 영화니까요. 우리도 죽어요. 그건 세상의 이치니까요. 영생이란 없어요."

"죄송합니다. 그렇다 해도 저희는 뱀파이어가 될 생각이 없습니다."

아빠는 정말로 아줌마가 뱀파이어란 사실을 믿는 사람처럼 정중하게 거절한다.

"시간을 드릴게요. 신중하게 생각해보세요. 뱀파이어로 산다는 게 생각하시는 것만큼 나쁘진 않아요."

"아니요, 두 번 생각할 거 없습니다. 그만 가주시죠."

"휴, 허무맹랑하게 들린다는 거 잘 알아요. 이해해요. 일단 오늘은 가볼게요. 생각 있으시면 이리로 찾아와주세요."

파마 35000원

스트레이트 50000원

영양 20000원

커트 8000원

박순분 헤어살롱

박순분 헤어살롱이었구나. 거참 이름 한번 촌스럽네. 가로수가 쓰러져 간판을 가리고 있었던 게 오히려 미용실 영업에 도움이 되고 있는지도 모르겠다. 아줌마가 가방에서 꺼낸 건 머리에 롤을 만 외국여자의 무표정한 얼굴이 앞면에 박히고 뒷면엔 약도와 가격이 상세히 적힌 미용실 전단지였다. 아줌마는 식탁 위에 전단지를 고이 올려두고 콧노래를 흥얼거리며 현관으로 걸음을 옮긴다.

"싸기는 무지 싸네. 필승이 너, 내일 다른 미용실 가서 머리 다시 잘라라. 엄청 촌스러워. 잘난 인물 다 버려놨네."

누나는 아줌마의 등 뒤에다 대고 그 고운 목소리로 소리친다. 아줌마를 배웅하러 뒤따라 나간 사람은 아빠뿐이다. 엄만 지친 얼굴로 전단지만 물끄러미 바라볼 뿐.

"너 정말 저런 아줌마한테 머리를 맡긴 거야?"

누나가 한심하단 눈빛으로 톡 쏘아댄다.

"딱 한 번이야."

“저 아줌마 미친 거지?”

“그런 거 같네. 이거 버려버리자. 괜히 이상한 데서 머리 한번 잘랐다가…….”

엄마와 누나의 눈치를 살피며 전단지를 슥 들어올린다. 잔소리의 화근이 될 수 있는 물건은 될 수 있는 한 안 보이는 곳으로 멀리멀리 치워야 한다. 당장에 찢어서 쓰레기통에 넣어버려야지.

“잠깐.”

엄마가 전단지를 뺏어든다.

“왜?”

“진짜면 어떡해. 일단 여기 놔둬. 좀 알아봐야겠어.”

“엄마!”

누나가 질색하며 일어선다.

“얘! 너도 내 나이 되어봐! 주름 하나에 영혼이라도 내다팔 거다. 넌 나보다 더했으면 더했지 덜하진 않을 거야. 내가 널 몰라? 내가 널 낳았는데.”

“엄마! 설마 저 아줌마 말을 믿는 거야?”

어제의 전쟁이 다시 시작될 모양이다.

“믿고 안 믿고의 문제가 아니야. 사실인지 알아볼 필요가 있다는 거지.”

“사실이면 뭐? 사실이면 뱀파이어가 되겠다는 거야? 아빠! 빨리 이리 좀 와봐! 엄마가 이상하단 말이야!”

아빠가 사람 좋아 보이는 웃음을 지으며 다가온다. 아줌마가 드디어 돌아간 모양이다. 불쌍한 아빠. 뱀파이어를 돌려보내려고 그렇게 애를 쓰더니 이번엔 성질 고약한 모녀 싸움에 새우등 터지게 생겼네. 슬그머니 일어나 책상의자를 끌고 방으로 들어간다. 세 사람 일은 세 사람이 알아서 하게 둬야지 뭐.

언젠가 명수가 그랬다. 난 너무 비현실적인 인간이라 인생이 평탄하지 않을 수도 있다고. 왜냐하면 세상은 공평한 거니까. 내가 아는 한 세상은 불공평했다. 사람들은 세상이 공평하다고 말하지만 그건 우리 가족을 알기 전까지라고 생각한다. 나를 아는 아이들은 모두 세상이 불공평하다고 말하니까. 세상이 하도 내 위주로 돌아가기에 명수가 질투 어린 마음에 무작정 내뱉은 말인 줄 알았는데 세상은 공평할 수도 있다는 생각이 불현듯 들었다. 만약에 저 아줌마의 말이 다 사실이라면? 창백한 피부가 어쩌면 아줌마가 뱀파이어일 수도 있다는 걸 증명하고 있다. 백금발의 머리카락도, 새빨간 눈동자도, 어느 것 하나 평범하진 않았으니까. 사실이 아니라 해도 상관없다. 진창으로 굴러들어온 것 같은 기분이다. 저 아줌마랑 엮였단 사실이 그걸 증명한다. 마음을 굳게 먹어야겠다. 세상이 정말로 공평한 거라면 내 인생은 무지막지하게 울퉁불퉁한 곳으로만 굴러다닐 테니까. 난 비현실적일 만큼 완벽한 인간이니까.

허리까지 머리가 길면 가출을 해야지

"헛소리야."

아빠의 목소리에 힘이 실린다.

"사실일지도 몰라. 그 여자 눈동자 봤잖아."

"당신답지 않게 왜 이래!"

"왜 소릴 지르고 그래!"

엄마가 뾰족한 송곳 같은 목소리로 아빠를 찔러댄다.

"당신이 말이 안 되는 소릴 하잖아. 뱀파이어라니."

아빠가 얼굴을 잔뜩 찡그리고 엄마를 쏘아본다. 헤어살롱 아줌마가 떠난 뒤 엄마는 전단지를 붙잡고 한참을 눈씨름 했다. 이런저런 이유로 짜증이 쌓일 대로 쌓인 누나는 전단지를 유심히 바라보는 엄마에게 괜히 바락 소리를 지르곤 방문을 쾅 닫고 들어가버렸다. 끝끝내 전단지를 놓지 못하던 엄마를 보며 엄마는 충분히 예쁘다고 말해주고 싶었지만 엄마도 익히 알고 있는 사실이니 입을 다물기로 했다. 엄마만큼 예쁜 사람은 누나 말곤 없으니까. 언젠가부터 엄마는 자주 거울을 들여다보았다. 눈가에 주름이 하나씩 생길 때마다 온갖 팩을 갖다 붙이곤 두 손을 모아 기도를 했다.

"하나님, 주름 좀 없애주세요. 기왕 예쁘게 만드신 거 천국에 갈 때까지 이 상태로 보존하여 주시옵소서."

엄마의 엉뚱한 기도에 실소를 금치 못할 때가 한두 번이 아니었다. 아빠의 늦은 귀가에 점점 예민해진 것도 기도가 응답받지 못해서이다. 엄마는 더 이상 누나와 같은 팽팽함을 가질 수 없다는 사실을 받아들이기 힘들어했다.

"한 번만 더 그런 소리 했다간 이혼이야!"

웬만해선 화를 내지 않는 아빠가 언성을 높인다.

"이혼? 당신이 어떻게 나한테……."

엄마의 눈물에도 아랑곳 않고 아빠는 외투를 챙겨들고 쌩하니 집을 나가버린다. 엄마의 대성통곡이 이어진다. 아이고 아이고 곡소리가 얼이 나갈 때까지 계속되었다.

"장필승! 너 내가 조용히 하랬지! 과제가 산더미란 말이야!"

문을 발칵 열고 나온 누나는 괜히 나한테 소리를 친다.

"이 판국에 과제가 문제니? 아빠가 이혼하자잖아, 이혼! 아이고, 아이고. 내가 너무 오래 살았나 봐."

엄마는 마른 눈물을 닦으며 바닥에 풀썩 주저앉는다.

"그러게 누가 쓸데없는 소릴 하래? 뱀파이어는 무슨. 그딴 소리나 해대니까 아빠가 이혼 얘길 꺼내지. 밖을 좀 봐. 우리처럼 생긴 사람이 있어? 우리가 얼마나 큰 축복을 받고 태어났는지 몰라서 그래? 다른 사람들은 주름이 생겨도 좋으니 엄마 반만 닮았으면 좋겠다 그래. 복에 겨워서 이상한 기도나 하고, 하나님이 잘도 엄마 기도 들어주시겠다."

"네가 주름이 안 생겨봐서 그래! 너도 늙어봐!"

"나도 늙어가는 중이야!"

"하나밖에 없는 딸자식이 엄마 편은 못 들어줄지언정 꼬박꼬박 말대답이나 하고. 하나밖에 없는 아들은 엄마가 울든 말든 관심도 없고. 내가 헛살았다 헛살았어."

엄마의 원망의 눈초리가 이번엔 내게로 향한다. 늘 이런 식이다. 막내라는 이유로 모든 전쟁은 내 잘못으로 귀결된다. 집에서 일어나는 전쟁은 그리 오래 지속되지 않는다. 하루 이틀이면 다들 모른 척하고 제자리로 돌아왔지만 이번 전쟁은 조금 길어질 것 같다는 예감이 든다. 아빠의 입에서 무려 '이혼'이라는 단어가 튀어나올 줄 누가 알았겠는가.

누나는 또 방문을 쾅 닫고 들어가버린다. 하루가 멀다 하고 방문에다 화풀이해대는데 아래층에 사는 사람들이 올라오지 않는 게 신기할 따름이다. 엄마 뒤에 멀뚱히 서서 내가 지금 취해야 할 행동이 무엇인가 고민을 해본다. 나는 아빠의 하나뿐인 아들이다. 아빠를 고속 승진할 수 있게 해준 리더십과 결단력을 고스란히 물려받았으니 12년 연속 반장자리를 고수할 수 있었지, 엄마만 쏙 빼닮았다면 청소부장 한 번 해보지 못했을 것이다. 지금이 바로 아빠에게서 물려받은 머리로 또릿또릿한 결정을 내려야 할 때이다.

엄마를 울다 지쳐 잠들게 하자!

힘들 땐 자는 게 상책이다. 내 경우엔 눈물콧물 쏙 빼고 나면 수면제라도 먹은 것처럼 잠이 쏟아진다. 난 엄마 아들이니까 엄마도 그럴 거라 믿고 엄마가 눈물콧물 쏙 뺄 때까지 소파에 앉아 잠자코 기다리기로 한다. 모처럼 일찍 퇴근했는데 결국 회사로 돌아가 야근하는 신세가 된 아빠의 처지가 안타깝다.

“커피 한 잔 사와!”

누나가 문을 열고 나와 만 원짜리 한 장을 휙 던진다. 까칠한 면이 없지 않아 있지만 누누이 언급한 것처럼 우리 누나는 얼굴만큼 심성이 고운 사람임을 기억해주길 바란다. 하나뿐인 동생에게만 호락호락하지 않을 뿐이다. 이해는 한다. 아무리 착한 사람이라도 스트레스 풀 곳은 있어야 하고 나는 누나의 샌드백이니까. 동생이니 참는 수밖에. 누나 있는 동생들 팔자는 다 똑같은 처지일 거라 생각한다. 작은 바람이 있다면 누나가 노처녀로 늙지 않고 어서 시집이나 갔음 하는 거다. 노처녀 히스테리까지 받을 생각하면 소름이 쫙 돋는다.

"엄만 따뜻한 바닐라라떼로 부탁해."

엄마는 치맛단에 눈물을 훔치며 바닐라라떼를 부탁한다. 힘없이 떨어진 가을낙엽처럼 바닥에 착 가라앉은 돈을 주워든다. 이 모든 사단의 원인인 박순분 헤어살롱 앞은 우연이라도 지나가지 않을 것이다. 당분간 머리를 기를 작정이다. 가위를 든 사람이라면 신물이 난다. 허리까지 머리가 길면 악기 하나 짊어지고 버스킹을 다녀야지. 점심엔 국밥을 먹고 저녁엔 컵라면을 먹을 거다. 노을을 보며 눈을 감고 파도가 철썩 치는 곳에서 눈을 떠야지. 잠시 떠돌다 돌아오면 솜씨 없는 헤어살롱은 쫄딱 망해 없어졌을 거다. 아줌만 종적을 감춰 다신 우리 앞에 얼쩡거리는 일 없을 거고 누난 내 대신 짜증을 받아줄 불쌍한 매형과 결혼 준비를 하고 있겠지. 엄마는 뱀파이어 같은 건 잊고 아빠와의 평화를 유지하고 있으면 좋겠다.

만 원짜리 한 장을 불끈 쥐고 슬리퍼에 발을 쑥 집어넣는다. 허리까지 머리가 길면 기필코 가출을 하고 말 테다! 굳은 결심을 하며 현관문을 연다. 비록 지금은 누나 심부름이나 하는 신세지만 언젠가 찾아올 해방을 꿈꾸며 엘리베이터에 몸을 싣는다.

우후죽순 카페가 생겨나던 때가 있었다. 이러다 이 동네 상가란 상가는 전부 카페가 되어버리는 건 아닐까 걱정까지 했었다. 다행인진 모르겠으나 절반은 두 달도 못 버티고 사라졌고 살아남은 카페도 주인이 계속 바뀌는지 시도 때도 없이 간판이 교체되었다. 누나는 '파란 코끼리'의 단골이다. 누나가 커피심부름을 시킬 땐 파란 코끼리 커피를 사와야 한다. 귀찮다고 집 가까운 아무 카페에 들어갔다간 잔소리가 장마처럼 길고 끈질기게 쏟아질 테니까. 파란 코끼리는 프랜차이즈가 아닌 카페 중 주인이 바뀌지도 망하지도 않은 유일한 카페다. 손님이 유별나게 많은 것 같지도 않은데 말이다. 파란 코끼리에 갈 때마다 파란 코끼리의 현재와 미래에 대해 걱정을 하곤 한다. 파란 코끼리가 사라져버리면 누나에게 대령할 커피도 사라져버리는 거니까.

통유리로 조명이 환하게 비치는 카페들을 지나 코끼리 간판으로 어기적대며 천천히 걷는다. 집에 일찍 들어가봐야 속만 시끄러우니까. 이럴 줄 알았다면 이어폰이라도 들고 나오는 건데. 휴대전화에 가득 담아놓은 음악들이 그리워진다. 머리가 허리까지 길면 버스킹을 해야 하는데 아무래도 음악을 많이 들어놓는 게 좋겠지? 내일부턴 노래 연습도 조금씩 해야겠다. 머리부터 발끝까지 완벽한 나지만 노래까지 잘 부르는지는 아직 검증되지 않았으니까. 분명 평균 이상은 될 테지만 남들 앞에서 노래를 부를 생각을 하니 벌써부터 목구멍이 바짝 마른다. 설마 내가 음치는 아니겠지?

코끼리 간판이 보인다. 코끼리는 파랗다. 언젠가 카페사장님에게 코끼리가 파란 이유를 물어본 적이 있었다. 동물원에서 만난 코끼리는 늘 회색빛이었으니까.

"아프리카에 여행 간 적이 있었어. 목이 너무 말라서 쓰러지기 일보 직전이었지. 정수리가 화상을 입을 만큼 햇볕이 뜨거웠어. 주변을 아무리 둘러봐도 사람은커녕 집 한 채 볼 수가 없었지. 이러다 죽겠구나 싶었는데 눈앞에 코끼리 한 마리가 나타난 거야. 야생코끼리를 만나면 지그재그로 달려 도망쳐야 한다고 그랬는데 탈수증세가 심해서 도망칠 힘이 하나도 남아 있질 않았어. 내 몸을 쥐어짜면 마른 이파리처럼 바스러질 거 같았거든. 코끼리한테 밟히면 호떡처럼 납작해질까. 호랑이 밥이 되는 것보단 우아한 죽음이겠지. 뭐 이런저런 생각을 하며 무서움을 외면하려 노력했던 거 같아. 진짜 무서워 죽는 줄 알았거든. 그런데 코끼리가 좀 이상한 거야. 코끼리가 파랬어. 분명히 코끼리가 맞는데 코끼리 몸이 파란 거야. 바다처럼. 그때였어. 코끼리가 물을 뿜기 시작했어. 날 짓밟고 지나갈 줄 알았는데 말이야. 코끼리가 뿜은 물이 내 입을 적시고 혀를 적셨어. 정신이 조금씩 돌아오기 시작했어. 코끼리한테 물었지. 넌 왜 그렇게 파란 거야? 코끼리가 대답할 리 없잖아. 코끼리는 사람이 아니니까. 그런데 코끼리가 하는 말이 들리는 거야. 물을 너무 많이 마셔서 그래. 원래 이 땅은 호수였는데 내가 목이 말라서 물을 다 마셔버렸거든. 그랬더니 몸이 파랗게 변해버렸어. 그래, 아마 환청이었을 거야. 햇볕을 너무 쬔 데다 탈수증세까지 있었으니까. 어찌됐건 파란 코끼리는 내 생명의 은인이야. 파란 코끼리가 없었다면 난 여기서 커피를 팔고 있지도 못했을 테니까. 아마 아프리카 어느 땅에서 흙이 되었겠지."

그날 이후 우리는 10년의 나이차를 극복하고 친구가 되었다. 꼬박꼬박 사장님이라 부르던 호칭도 형으로 바꾸었다. 누나가 커피 심부름을 하도 시켜서 자주 들락거리기도 한 데다 파란 코끼리 이야길 한 뒤로 더 친해졌기 때문이다. 형은 코끼리가 파란 이유를 물은 사람은 내가 처음이라고 했다. 누구든 붙잡고 파란 코끼리를 만났던 이야길 해주고 싶은데 아무도 묻지 않았단다. 난 누가 묻기 전엔 절대로 파란 코끼리와의 일화를 이야기하지 말라고 했다. 어쩐지 파란 코끼리의 존재는 나만 알고 싶었다.

"또 심부름?"

카페 안으로 들어가려는데 등 뒤에서 들리는 형의 목소리가 발걸음을 붙잡는다. 대답은 못 하고 고개만 끄덕인다. 형의 목소리를 듣자마자 눈가가 뜨뜻해진 걸 들키고 싶지 않아서. 왜 형 앞에만 서면 모른 척 지나갔던 서러움들이 왈칵 밀려드는 걸까.

"커피는 내리자마자 마셔야 맛있는데."

"그러게요……."

"커피 맛도 모르는 게."

형이 웃는다. 웃는 형의 얼굴에 마음이 편안해진 것도 비밀이다.

"들어와."

형이 먼저 카페 안으로 들어간다. 누나도 코끼리 간판이 파란 이유를 알고 있을까. 코끼리 간판 밑에 서서 파란 코끼리를 올려다본다. 정말로 물을 많이 마시면 몸이 파랗게 되는 거니. 아프리카에 가면 나도 파란 코끼리를 만날 수 있을까. 헤어살롱 아줌마는 뭘 그렇게 마셨기에 눈동자가 빨간 걸까. 고개를 세차게 흔든다. 갑자기 왜 헤어살롱 아줌마의 얼굴이 떠오른 건지 모르겠다. 철천지원수로 기록되어 마땅한 아줌마의 빨간 눈동자가 백금발의 머리카락이 새하얀 얼굴이 하필 파란 코끼리 밑에서 떠오르다니. 그래도 만약 뱀파이어가 있다면 아줌마처럼 생기지 않았을까 하는 생각을 파란 코끼리와 주고받으며 형의 뒤를 따른다.

"어? 잠깐만요."

형을 따라 들어가다 말고 잽싸게 문 뒤로 몸을 숨긴다.

"왜 그래?"

형이 목소리를 낮추며 내 안색을 살핀다.

아빠다. 아빠가 파란 코끼리 안에서 웬 여자와 마주 앉아 있다.

문 뒤에 숨어 숨을 고른 후 문틈으로 아빠가 앉은 쪽을 훔쳐본다.

전봇대?

전봇대다!

길가에 늘어선 전봇대 말고 미용실에서부터 날 쫓아다니던 평범하기 그지없던 그 여자애 말이다. 아빠와 전봇대가 테이블을 사이에 두고 마주 앉아 있다.

아빠와 전봇대…….

아빠와 전봇대…….

아빠와 전봇대가 어떻게 한 테이블에 앉아 있는 거지?

"형. 저 두 사람……."

"응."

"여기 자주 와요?"

"글쎄다. 난 처음 보는 거 같은데……. 왜 그러는 거야? 그러고 보니 저 남자분 너랑 많이 닮았네. 혹시……?"

대답 대신 고개만 끄덕인다. 회사로 돌아간 줄 알았던 아빠가 파란 코끼리 카페에 앉아 있다. 아빠의 맞은편엔 전봇대가 있다. 난 전봇대에 대해 아무것도 알지 못한다. 이름이 뭔지 몇 살인지 어느 학교를 다니는지. 아빠와 전봇대가 머그잔 두 잔을 사이에 두고 앉아 이야기를 나누고 있다. 작은 유리창 너머로 아빠와 전봇대의 얼굴을 겨우 훔쳐보며 둘이 나누는 대화를 유추해보려 하지만 도저히 알 수가 없다. 아빠는 전봇대에 대해 얼마나 알고 있을까. 무얼 두고 저리 심각하게 이야기 나누는 걸까. 불현듯 주차장에서 아빠를 만나 집으로 들어가는 걸 몰래 훔쳐보던 전봇대의 얼굴이 떠올랐다. 전봇대는 헤어살롱 아줌마가 우리 집에 쳐들어와 난리를 피우는 동안에도 자리를 떠나지 못하고 집 앞을 서성인 걸까. 엄마와 싸우고 밖으로 나온 아빠가 답답한 마음을 씻으려 하늘을 올려다보는 동안 아빠에게 접근했을까. 장필승의 친구라 말하며 필승이에 대해 할 말이 있다고 아빠를 꾀었을까.

"형!"

다급하게 형을 불러 세운다.

"형이 두 사람이 무슨 얘길 나누는지 좀 들어주시면 안 돼요?"

"알았어. 아버지 앞에 앉은 여자애는 누구니?"

"어제부터 저 쫓아다니기 시작한 애요."

형이 피식 웃더니 카페 안으로 들어간다. 남은 심각해 죽겠고만 웃음이 나오는 건지. 안타깝게도 형이 들어가자마자 아빠와 전봇대가 자리에서 일어선다. 아빠가 외투를 걸치는 동안 전봇대는 구겨진 교복치마를 손바닥으로 문질러댄다. 누나가 졸업한 고등학교의 교복이다. 명찰이 노란 걸 보니 나와 같은 고3인가 보다. 여기 계속 서 있다간 전봇대와 함께 있는 아빠와 마주치는 건 시간문제다. 허둥대며 눈알만 이리저리 굴리고 섰는데 형이 내 쪽을 흘끔 바라보며 가게 뒤쪽을 가리킨다. 아빠와 전봇대의 얼굴엔 웃음기가 전혀 없다. 전봇대가 나에 관해 무슨 얘길 어떻게 했기에 아빠의 얼굴이 저리도 심각한 걸까. 알고 보니 장필승이 교실에 친구 하나 없는 왕따였다는 말을 한 걸까. 쫓아다니는 여자애들은 많은데 만나자는 여자애는 없다는 말을 한 걸까. 그냥 엄마가 신경 쓰여 전봇대가 무슨 얘길 해도 웃을 수 없게 되어버린 거라면 좋겠는데. 아빠와 마주치기 전에 형이 가리킨 뒷문 쪽으로 잽싸게 몸을 피한다. 머릿속이 복잡하다. 전봇대는 아빠에게 무슨 이야길 한 걸까.

아빠와 전봇대가 횡단보도 앞에서 헤어지는 걸 확인한 후 파란코끼리로 들어온다.

"원래 잘생긴 애들은 삶이 고단한 거야."

형은 전자레인지에 데운 우유를 한 잔 내놓으며 위로 같지 않은 위로를 건넨다.

"공짜 아니면 안 마실래요. 엄마랑 누나 커피 살 돈밖에 없거든요."

"너 언제 여기서 우유 마시고 돈 낸 적 있니?"

고개를 가로저으며 우유 한 모금을 넘긴다.

"우리 아빠랑 무슨 얘길 했을까요?"

"댁의 아드님을 제게 주십시오! 그랬겠지."

형이 여자애 목소릴 우스꽝스럽게 흉내 내는 통에 나도 모르게 피식 웃어버렸다. 전혀 웃을 기분이 아닌데 말이다.

"아빠가 엄마랑 싸우고 집을 나간 거였거든요. 누나는 짜증을 소나기처럼 퍼붓고, 이상한 아줌마 때문에 집이 난리가 났어요."

"이상한 아줌마?"

"자기가 뱀파이어래요."

"뱀파이어?"

"생김이 좀 특이하긴 했어요. 눈도 빨갛고 머리색도 그렇고……. 우리보고 뱀파이어 될 생각이 없냐고 그랬다니까요?"

"정말 자기가 뱀파이어랬어?"

"네. 왜요? 형도 뱀파이어가 되고 싶어요? 주름 생길까 봐 두려워요? 우리 엄마는 아주 관심이 많아 보이던데. 그것 때문에 아빠가 성질내고 집을 나간 거거든요. 파란 코끼리만큼이나 믿기 어려운 얘기죠?"

"하지만 난 파란 코끼리를 정말로 봤는걸. 세상엔 믿지 못할 일은 없어. 사기꾼이 사기 치는 게 아닌 이상. 넌 어떻게 생각해?"

"뭘요? 설마 형도 뱀파이어에 대해서 진지하게 생각하는 거 아니죠? 그 아줌마 미친 거예요. 그래, 사기꾼이 틀림없어요. 그러니까 상대할 가치도 없는 거예요."

"하지만 생김이 특별했다며."

"혼혈이거나 뭐, 그렇겠죠."

"정말로 사기꾼일까? 미용실 아줌마가 왜 너희 가족에게 그런 거짓말을 하는 걸까?"

"정말로 자기가 뱀파이어라고 믿고 있거나 우리한테 뭐 뜯어먹을 게 있거나. 암튼 더 이상 알은체하면 큰일 날 거 같으니까 앞으로 그 미용실 앞은 지나가지도 않을 거예요!"

"나도 한번 보고 싶다. 뱀파이어 아줌마."

"그런 재수 없는 말은 하지도 마세요! 혹여 길에서 우연히 마주친다 해도 땅만 보고 걸어요. 재수 없게 이상한 아줌마랑 엮이지 말고. 카페에 들어와서 무슨 행패를 부릴지 모른다니까요. 파란 코끼리를 통째로 뺏겨버릴 수도 있어요."

"하하. 그래. 알았다."

형이 엄마와 누나에게 대령할 바닐라라떼와 아메리카노를 준비하는 동안 아빠와 전봇대가 앉았던 자리를 물끄러미 쳐다보았다.

아빠는 좋은 사람이다. 다른 사람에게 호의를 베풀길 좋아하고 누군가가 베푸는 호의를 거절 못한다. 전봇대는 아빠에게 어떤 식으로 접근했을까. 아빠에게 접근한 목적이 뭘까. 머릿속이 두 여자로 가득 찼다. 뱀파이어 아줌마와 전봇대. 전봇대의 목적이 내 머릿속을 점거하는 것이었다면 전봇대는 목적을 달성한 셈이다.

아빠 집에 왔어?

누나에게 문자메시지를 보낸다. 아빠는 어디로 가고 전봇대는 어디에 있을까.

집 나간 아빠를 왜 집에서 찾아.
커피 사러 베트남까지 간 거야? 왜 이렇게 안 와?
커피 샀으면 당장 와. 카페사장이랑 노닥거리지 말고.

"카페사장이랑 노닥거리지 말고 빨리 오래요."

형에게 누나의 메시지를 일러바친다. 남들이 누나를 흉보는 건 싫다. 가끔 히스테리가 심해진다는 걸 들키는 것도 싫다. 하지만 형이라면 예외다. 언젠가 본의 아니게 누나는 형에게 꼭꼭 숨겨둔 성질머리를 들킨 적이 있었다. 그때부터 누나는 대놓고 형에게 까칠하게 군다.

"누나가 너 머리꼭대기에 앉아 있는가 보다."

"그렇게 생겼어도 성질이 고약해요. 저한테만요."

"너무 깊이 생각하지 마. 너 머리카락만 빠진다? 아무리 머리를 굴려도 닥칠 일은 닥치게 되어 있고 피해갈 일은 피해가게 돼 있는 거야."

아빠는 좋은 사람이다. 아빠만큼 좋은 사람을 본 적이 없다. 우리 아빠라서 하는 말이 아니라 아빠는 정말로 좋은 사람이다. 전봇대를 조심해야겠다. 내일 또 학교 앞에 찾아와 몰래 내 뒤를 쫓을지도 모른다. 다음번엔 아빠가 아니라 엄마나 누나에게 접근할지도 모를 일이지. 가만 보면 전봇대가 헤어살롱 아줌마보다 더 주의해야 할 인물일지도 모른다. 어쩌면 둘이 한패일지도 모르고.

카페 안에 음악이 흐른다. 귀에 익은 팝송인데 제목은 생각나질 않는다. 형에게 노래 제목을 물을까 하다 그만둔다. 제목을 알면 언제든지 인터넷으로 찾아 들을 수 있게 되니까. 우연히 어디서 다시 듣게 된다면 지금처럼 반가울 순 없을 테니까. 이 노래만 다 듣고 일어서야겠다. 다시 이 노래를 만나게 되었을 땐 오늘 같은 날이 아니길 바라며 눈을 지그시 감아본다. 누나가 부럽다. '장필승'이라는 샌드백이 있어서. 나도 나만의 샌드백이 있으면 좋겠다.

아빠는 결국 집에 돌아오지 않았다. 백기를 든 엄마의 전화도 받지 않았다. 아빠한테 쩔쩔매는 엄마를 보면 결혼할 때도 엄마가 조른 게 아닐까 짐작하게 된다. 밤새 과제를 했다는 누나는 밤을 꼴딱 샌 사람답지 않게 멀끔하게 차려입고 집을 나선다. 전화기만 붙들고 선 엄마는 우리 밥 차려주는 것도 깜빡 잊고 안절부절못하고 있다. 소식이 끊긴 아빠 덕분에 엄마는 뱀파이어가 될 수도 있다는 희망의 소식을 모두 잊은 것 같다. 어쩌면 이게 다 아빠의 전략이 아닐까 싶기도 하다. 아빠는 능력 있는 부장님이니까.

"가정방문을 할까 하는데 반장 생각은 어떠니?"

등교하자마자 담임이 호출을 해서 교무실로 불려왔다.

"요즘 시대에 가정방문이 웬 말인가."

담임 옆에 앉은 국사선생님이 코털을 뽑으며 참견을 한다.

"제가 열의가 좀 넘칩니다. 하하하."

담임은 웃었지만 의자를 휙 회전시켜 국사선생님을 등지도록 앉았다.

"젊은 사람이라 다르긴 다르군."

국사선생님은 고2때 내 담임이었다. 담배를 피우다 걸리면 용서했지만 6·25 발발 연도를 모르는 건 용서치 않으셨다. 성적이 나쁜 건 개의치 않았지만 대한민국의 역사를 모른 척하는 건 두고 보지 않으셨다. 그때 선생님은 지금의 담임과는 달리 내 진로에 별 관심을 두지 않았다. 대학은 첫사랑 같은 거라고, 의도치 않아도 운명이 예기한 길로 절로 따라가게 되는 거라고. 모두의 성적이 다른 건 각자의 운명이 다르기 때문이라고. 애써 성적을 올리려 노력하지 말

자란 교훈 아래 우리는 열심히 놀았다. 국사선생님은 자주 교장선생님의 부름을 받았고 교장실에서 돌아온 선생님의 낯빛은 한층 더 칙칙해졌다.

"일단 반장 집에 먼저 가볼까 하는데."

"네?"

집안 분위기가 별로 좋지 않다. 부모님과 나눌 이야기가 있다면 엄마나 아빠한테 학교로 오시라고 하면 되지 않을까. 혹시 아직도 제출하지 못한 진로카드 때문일까.

"너무 부담 갖지 않아도 돼. 내가 반장보다 십 년은 더 살았잖니. 집에 가서 분위기를 보면 딱 알거든. 반장이 뭘 전공해야 성공할 수 있을지. 선생님을 믿어."

담임이 코를 찡긋하며 거만한 표정을 짓는다. 나보다 이십 년도 더 산 엄마아빠도 모르는 걸 담임이 무슨 수로 알아챈단 말인가.

"조만간 전화하고 찾아갈 테니까 그때 우리 깊숙한 이야기 좀 나눠보자, 반장."

이렇듯 반장이란 자리가 귀찮을 때가 많다. 아침마다 교무실로 호출하면서 얼마나 더 많은 이야기를 나누자고 집까지 찾아온다는 건지. 아빠가 제자리를 찾을 때까지 엄마의 온 신경은 아빠한테만 쏠려 있을 거 같은데. 담임이 와도 차 한 잔 내놓지 못할 거 같은데. 담임이 뭘 묻든 대답할 정신이 아닌 거 같은데.

베란다에 서서 주차장 쪽만 내려다보고 있을 엄마의 모습이 눈에 선하다. 퇴근시간이 되려면 한참 멀었는데도 엄마는 서지도 앉지도 못한 어정쩡한 자세로 마음 졸이고 있을 것이다. 어젯밤부터 꺼져 있던 아빠의 휴대전화는 아직 켜지지 않았지만 아빠에게 문자메시지 한 통을 남긴다.

엄마가 아빠 보고 싶대.

빗방울에 취하면 약도 없다

며칠 내리 비가 쏟아졌다. 가을비가 뭐 이리 질긴지 모르겠다. 누나는 비가 내리면 맥주가 당긴다고 했다. 차양에서 떨어지는 빗물 구경하는 강아지마냥 창문에 바짝 붙어 앉아 맥주를 홀짝였다. 다행히 나는 아직 미성년자라 맥주 심부름만은 합법적으로 피할 수 있다. 맥주 심부름에서 자유로울 수 있는 것도 몇 달 남지 않긴 했지만.

"외롭다."

귀신처럼 머리를 풀어헤치고 앉은 누나는 안주로 초콜릿을 녹인다. 완벽한 누나는 장마도 아닌데 며칠씩이나 비가 내리 쏟아지면 흐트러진다. 또렷한 눈동자가 힘없이 풀리고 머리를 성의 없게 묶은 채 외출도 않고 창가에 자리를 튼다. 우리 남매가 흐트러진 꼴을 세상 사람들에게 보이는 걸 죽기보다 싫어하는 엄마는 누나가 차양 밑의 강아지가 될 때마다 누나와의 전쟁을 선포했다.

"외롭다."

누나는 같은 말만 계속 반복하고 있다.

"나가 놀아."

"외로운걸."

배고픈 강아지 같은 표정이다. 우리 집에선 누나의 이런 상태를 '꽃을 단 여자'라 부른다. '꽃을 단 여자'의 특효약은 엄마의 매운 손바닥이다. 누나의 가녀린 등짝에 엄마의 손바닥이 찰싹 부딪히면 '꽃을 단 여자'는 떠나간다. 엄마가 필요한 순간이다. 벌써 일주일째다. 노아의 방주라도 마련해놔야 하는 건 아닐까 싶을 만치 빗줄기는 쉬지 않는다.

"학교 안 가?"

"외로워."

뭘 어떻게 해달란 소린지. '꽃을 단 여자'는 등교를 거부한다. 누나는 완벽을 즐기는 사람이다. '근사한 대학생'이 되고 싶다는 소망으로 과제든 시험이든 대충 하는 법이 없고 수업을 빼먹는 건 지독히도 싫어한다. '꽃을 단 여자'가 히죽 웃는다. 못 볼 꼴을 본 것 같아 슬그머니 고개를 돌린다. 어떤 게 누나의 진짜 모습인지 헛갈릴 때가 있다. 가끔은 누나가 '꽃을 단 여자'를 즐기는 것처럼 보이기도 한다. 사실은 누나도 피곤한 게 아닐까. 근사한 대학생으로 살아가는 것이. 그치지 않는 비를 핑계 삼아 잠시 흐트러져보는 건 아닐까. 누나가 '꽃을 단 여자'에 중독될까 두렵다. 비가 그쳐도 돌아오지 않을까 걱정된다. 누나는 대체 왜 저러는 걸까. 뒤늦게 사춘기가 찾아오기라도 한 걸까. 누나를 깨울 수 있는 건 엄마뿐인데 엄마는 며칠째 분주해 보인다. 누나가 차양 밑 강아지가 되든 말든 상관도 않는다. 엄마의 무관심 속에 누나는 점점 더 시들해졌다. 꽃이 시든다고 꽃이 아닌 게 아니다. 잘 말린 꽃은 때론 싱싱한 꽃보다 더 아름답다. 그게 내가 외모를 꾸미는 데 최선을 다하지 않는 이유이기도 하고. 누나가 비만 오면 저리 되는 건 이해할 수 없지만 엄마가 저러는 건 이해가 간다. 벌써 일주일도 넘었다. 아빠는 그날 후로 집에 오질 않았다. 휴대전화는 켜져 있고 우리의 전화도 다 받아주지만 퇴근을 하지는 않는다.

"미안해. 갑자기 일이 잘못돼서 도저히 집에 갈 상황이 아니야. 당분간 퇴근은 꿈도 못 꾸겠어."

아빠는 다음 날 아무 일도 없었던 것처럼 엄마에게 전화해 당분간 집에 들어갈 수 없다고 말했다. 엄마는 아빠의 전화에 안도했지만 '당분간'이 길어지자 다시 초조해했다. 아무리 바빠도 새벽에라도 항상 집에 들어와 엄마가 차려준 아침밥상을 받고 다시 출근하던 아빠였다. 아빠의 외박이 사흘이 넘어서자 엄마는 저녁마다 외출을 했다. 어딜 가는 거냐고 물어보면 마트라고 대답했다. 몇 시간 뒤 텅텅 빈 장바구니를 들고 돌아온 엄마에게 마트 갔다 온 거 맞냐고 물으면 살 게 별로 없더라는 대답이 돌아왔다. 이런 생활이 며칠이나 이어진지 모른다. 비는 그칠 줄을 모르고, 아빠는 회사에 엄마는 마트에 누나는 창가에, 모두 제자리에 있는 거 같은데 나는 점점 불안해졌다.

딩동 딩동.

차임벨이 울린다. 아빠일지도 모른다는 생각에 누군지도 확인하지 않고 현관으로 달려가 문을 발칵 연다. 문밖에 서 있는 사람과 눈이 마주친 순간 인생에 있어 아주 중대한 교훈 한 가지를 더 깨달았다.

확인도 않고 아무에게나 문 열어주지 말 것!

벨을 누른 사람은 담임이었다. 찰나지만 순간 도로 문을 닫아버릴까 하는 충동마저 들었다. 아마 인터폰으로 문밖에 선 사람이 담임이란 걸 확인했다면 집에 아무도 없는 척했을 것이다. 어차피 엄마도 없고 누나는 강아지 신세고 나만 입 다물면 스리슬쩍 넘어갈 수 있었을 텐데. 지금 이 순간 담임이 그토록 원하던 진로카드에 적어 넣을 말이 떠올랐다. 과학자가 되고 싶다. 미치도록 간절히. 타임머신을 만들어낼 거다. 너무 오랜 과거일 필요도 없다. 살아보지도 않은 미래로 갈 필요도 없다. 바로 몇 초 전으로 시간을 되돌려줄 타임머신이 간절히 필요한 순간이다.

"실례라는 건 알지만, 전화를 했는데 전화를 안 받아서 무작정 와봤다."

담임은 현관 앞에 서서 고요한 집 안을 기웃거린다.

"어……. 부모님이 안 계신대요."

"아무도 안 계시니?"

장우산을 지팡이 삼아 짚고 선 담임이 내 얼굴을 빤히 쳐다본다. 마치 들어오란 소리는 언제 할 거니라고 묻는 것처럼.

"들어오세요."

담임은 비에 흥건히 젖은 구두를 벗으며 집 안으로 발을 들인다.

누나!

누나를 잊고 말았다. 거실 창가에 붙어 앉아 맥주를 들이켜는 누나를……. 남들에게 흐트러진 모습을 보여주는 걸 죽도록 싫어하는 누나를……. 게다가 '꽃을 단 여자'인 상태라서 많이 흐트러진 누나를…….

"누구?"

인기척을 느낀 누나가 고개를 돌려 담임을 쳐다본다.

"담임선생님. 저기……, 가정방문이라고……."

"그래? 안녕하세요."

맥주에 취한 건지 빗물에 취한 건지, 누나는 담임에게 고개만 까딱 목 인사를 하곤 다시 차양 밑 강아지가 된다. 담임이 누나의 '꽃을 단 여자' 상태를 알 리가 없으므로 상당히 무례하다고 느낄 것도 같지만 누나는 지금도 잘 말린 꽃처럼 무척이나 아름답고 연락도 없이 쳐들어온 건 담임의 잘못이니까. 그러니까 괜찮을 거라 불안한 마음을 달래고 또 달랜다.

"앉으세요."

담임이 탁자 앞에 앉는다. 며칠째 마트에 출근하다시피 했으면서 아무것도 사오지 않은 엄마 덕에 마실 거라곤 누나의 맥주뿐이다. 학생의 신분으로 담임에게 맥주를 건넬 순 없으니 유리잔에 생수를 가득 붓는다.

"부모님은 언제쯤 오시니?"

"잘 모르겠는데요. 두 분 다 바쁘셔서……."

그러니까 오늘은 그만 가달라는 말을 돌려서 한 거다. 실제로 엄마아빠가 언제 집에 돌아올지 모르기도 했고.

"이왕 왔으니 진로상담을 하고 가야 할 것 같은데……."

담임이 누나 쪽을 흘긋흘긋 쳐다본다.

"부모님이 안 계시니 누나가 함께 상담을 하는 게 어떨지……."

담임의 눈동자가 이번엔 누나의 손에 쥔 맥주 캔을 향한다. 누나가 들은 체도 하지 않고 창밖만 쳐다보자 담임의 얼굴에 당황스러운 표정이 스친다.

"상담 괜찮을까?"

담임이 누나와 나를 번갈아 보며 묻는다. 당연히 괜찮을 리 없다. 누나는 취했다. 술에만 취한 게 아니라 빗방울에도 취했다. 며칠째 학교도 안 가고 이끼처럼 창가에 들러붙어버린 누나를 데리고 무슨 상담을 한단 말인가. 차라리 누나가 잠이라도 들면 고마울 것 같은데, 술이 엄청 센 누나는 술에 취해도 웬만해선 잘 잠들지 않는다.

"누나가 아파서……. 아니 누나가 일이 좀 있어서……. 그게, 남자친구랑 헤어졌대요. 어제, 바로 어제!"

차라리 누나가 무어라 변명을 해주면 좋을 텐데 야속하게도 우리를 등지고 앉아 떨어지는 빗방울만 무심히 바라본다.

"그래? 헤어졌어? 그렇담 하는 수 없지. 이별은 아픈 거니까. 하지만 이별은 또 다른 만남을 의미하기도 한단다."

담임이 히죽 웃으며 까만 가방에서 두꺼운 입시자료 책을 꺼내 펼친다. 베개로 쓰면 딱 좋을 두께인 입시자료 안에 대한민국 고3들의 미래가 몽땅 들어 있다. 선택은 자유지만 모두가 원하는 걸 선택할 수는 없다. 꿈과 성적을 맞교환하기 위해 담임은 내 성적에 맞는 페이지를 펼친다. 두꺼운 입시자료에 자신을 위한 페이지는 몇 페이지 되지 않는다. 그걸 두고 어른들은 12년의 결실이라 부른다.

"누나도 상당히 공부를 잘했다고 들었는데……. 같은 학교에 갈 생각이니?"

"아니요."

누나는 등지고 앉아 맥주를 홀짝거리고 있지, 부모님은 안 계시지, 난 자꾸 아니라고 대답만 하지, 담임은 목이 타는지 물 한 컵을 금세 비워냈고 자꾸만 누나의 눈치를 살피며 절절맸다.

드디어 구세주가 나타났다. 현관문이 철컥 열리더니 빈 장바구니를 든 엄마가 들어온 것이다. 엄마가 이토록 반갑기는 참으로 오랜만이다.

"누구?"

엄마가 경계심 가득한 눈으로 담임을 쳐다본다. 담임은 자신이 상당히 호남형인 줄 알고 있지만 담임을 대하는 엄마의 태도로 보아 그건 담임만의 착각임이 다시 한 번 증명되었다. 엄마는 호남형의 얼굴에만 호의적으로 대하니까. 역시 애들 눈은 정확하다. 괜히 별명을 '밥맛'이라 붙였겠어.

"담임선생님."

"어머. 이런 누추한 곳까지 어쩐 일로……."

초가삼간도 아닌데 엄마는 어디가 누추하다는 건지 모르겠다.

"어머, 재가……, 재가!"

이제야 누나의 외로운 등짝을 발견한 엄마가 놀라움을 감추지 못한다. 엄마는 온몸을 이용해 최대한 누나의 외로운 등짝을 가리려고 노력한다.

"실례합니다. 얘가 비만 오면 정신을 못 차려서."

내가 타임머신을 발명하지 않는 이상 엄마의 노력도 다 무용지물이다. 아무리 두 팔을 벌려 누나를 가려봤자 눈 가리고 아웅이지. 담임은 이미 누나의 빗방울에 취한 외로운 등짝과 술에 취한 발그레한 얼굴을 다 보고 말았는걸.

"아닙니다. 제가 불쑥 찾아와버려서."

담임은 머리를 긁적이며 멋쩍게 웃는다.

"그런데 무슨 일로 집까지……."

"아, 반장이 아직 진로카드를 작성 안 했고, 또 제가 올해 첫 부임이라 애들한테 정이 많이 가서요. 부모님들을 찾아뵙고 인사 드려야겠다는 생각이 들어서."

설마 그런 이유로 가정방문을 했을까. 성적 나쁜 애들은 지독히도 싫어하면서. 담임의 이중성을 엄마가 스스로 깨우치길 바라며 엄마를 간절한 눈으로 바라본다.

"어머, 젊은 선생님이라 다르긴 다르네요. 하지만 전 애들 진로에 대해선 전혀 신경 안 써요. 알아서들 잘 하니까요."

"아, 그러세요."

엄마의 단호한 말투에 담임은 진로카드를 작성케 하고야 말겠다는 소기의 목적을 달성하지도 못한 채 일어서야 했다.

"이렇게 집까지 찾아와주셨는데 식사 대접도 못해드려서 어떡해요?"

"아, 괜찮습니다."

"다음에 기회가 된다면 초대하겠습니다."

"아, 초대해주신다면 감사히 응하겠습니다."

형식적인 대화가 모두 다 오갔음에도 선생님은 현관 앞에 멀뚱히 서서 할 말이 남은 사람처럼 군다.

"그럼. 여기까지 와주셔서 감사합니다. 다음에 또 뵙겠습니다. 조심히 가세요."

결국 엄마가 손수 엘리베이터를 세워 선생님을 태워야 했다.

"아무리 담임이라지만 갑자기 찾아오는 건 예의가 아니지 않니?"

담임을 돌려보내자마자 엄마의 낯빛이 싹 바뀐다.

"밥맛이라 그래."

"넌 선생님한테 말버릇이 그게 뭐니!"

"다른 애들도 다 밥맛이라 불러. 알고 보면 더 밥맛이야."

"아휴. 참, 너희 담임한테 저 꼴을 들켜서 어째?"

엄마가 누나의 등짝에 손바닥 자국을 남기며 발을 동동 구른다. 난 문제 될 거 없다고 생각한다. 누나가 아무리 저 모양 저 꼴로 앉아 있어도 담임이 이제껏 본 여자들 중 제일 아름다울 테니까.

"하여간 선생이 아직 젊어서 그런가? 예의를 모르네."

엄마가 담임을 썩 마음에 들어 하지 않는 거 같아 다행이다. 담임과 문제가 있었던 건 아니지만 왜 그런 사람이 있지 않은가. 괜스레 싫은 사람. 담임이 내게 그런 사람이다. 어쩌면 우리 반 애들 모두에게 그런 존재일지도 모른다.

"지금 그게 중요한 게 아니야. 니들 여기 좀 앉아봐."

엄마가 누나의 손에서 맥주를 뺏는다.

"나 외로우니까 빨리 끝내."

엄마의 성화에 누나는 빗방울에게 눈길 주는 걸 그만두고 체념한 얼굴로 탁자 앞에 앉는다. 비가 너무 오래 왔나 보다. 누나의 얼굴이 비가 오기 전보다 부쩍 수척해 보인다.

"우리는 뱀파이어가 될 거야."

엄마의 말투가 비장하다.

"엄마!"

누나는 그칠지 모르는 비가 시작된 날부터 얼이 빠져 앉아 있고 아빠는 회사일로 집을 비운 지 오래다. 엄마의 황당무계한 발언에 대응할 사람은 이 집구석에 나밖에 남지 않았다.

"엄마가 며칠 동안 잘 알아보고 다녔어. 그 여자, 진짜 뱀파이어야."

"엄마!"

"귀 안 먹었어. 소리 좀 그만 질러."

"마트 갔다 온 거 아니지?"

"눈치 한번 빨라요."

엄마가 배실배실 웃는다.

"지금 웃을 때야?"

웃는 엄마는 정말 예쁘지만 오늘만은 보고 싶지가 않다.

"앞으론 웃을 일만 가득할 텐데."

"장바구니는 왜 들고 다니는 건데? 마트 갈 것도 아니면서."

"그러게 말이야. 오늘은 꼭 장 좀 봐와야지 하면서 나가는데 그게 잘 안 되네. 냉장고에 먹을 게 하나도 없는데."

"요즘 어딜 그렇게 다니는 거야?"

"자료조사. 도서관 가서 뱀파이어 관련 책도 좀 찾아보고 뱀파이어 영화 개봉 했다기에 극장도 가고 뱀파이어를 사랑하는 사람들의 모임에 참석해서 얘기도 좀 듣고. 아, 무엇보다 미용실 주인이랑요 며칠 어울려 다니면서 관찰을 좀 해봤는데 틀림없는 뱀파이어야. 피부, 눈동자, 머리카락……. 뭐 하나 빗나가는 게 없어."

짙은 한숨을 내쉬며 복잡한 얼굴로 엄마를 바라본다.

"아빠 말을 어디로 들은 거야! 그러다 엄마 진짜 아빠한테 이혼당한다?"

"아빠가 허락했어."

"뭐?"

"아빠가 허락했다구!"

엄마가 꽃처럼 웃는다. 며칠간 얼이 빠져 있던 누나도 이제야 정신이 돌아왔는지 놀란 눈으로 엄마를 쳐다본다.

"아빠가 정말 허락했어?"

"얘는. 속고만 살았나. 엄마가 언제 거짓말하디?"

"설마……. 왜? 대체 왜?"

"뭐가 왜야. 늙지 않고 이대로 쭉 살다가 죽으면 좋지 뭐."

엄마는 그렇다 쳐도 아빠는 갑자기 왜 이 허무맹랑한 이야기에 뛰어들기로 했을까. 어차피 다 거짓이니까 엄마 편할 대로 하게 두려는 걸까? 철석같이 믿고 있던 모든 것이 제정신 아닌 아줌마의 거짓말이었음을 알게 되었을 때 받을 엄마의 충격은 어떻게 하려고? 현명한 아빠가 훗날 일은 생각하지 않았을 리가 없는데.

"좋을 대로 해. 안 늙을 수 있다면 나야 좋지 뭐."

누나는 엄마가 뺏어간 맥주를 도로 뺏어들고 차양 밑 강아지의 자리로 돌아간다. 누나의 말에 엄마는 승리의 미소를 지었지만 누나가 정말로 뱀파이어가 될 마음이 있어 그리 말한 게 아니란 걸 안다. 누나는 만사가 귀찮은 거다. 엄마를 뜯어말리는 것도 지치고 뱀파이어라는 게 실재하지 않는다는 걸 아니까.

"좋았어. 그럼 모두 다 찬성한 걸로 알고 일을 진행하겠어."

늘 이런 식이다. 막내란 이유로 의견을 말할 자격을 박탈당한다. 뭐, 상관없다. 나도 누나랑 같은 마음이니까. 엄마가 걱정되긴 하지만 까짓것 뱀파이어로 안 만들어주기만 해봐라. 헤어살롱 아줌마가 미쳤다고 온 동네방네 소문을 낼 거다.

"어떻게 확신해?"

엄마는 뱀파이어가 될 준비로 분주하다. 왜 조금 더 일찍 뱀파이어의 존재에 대해 알지 못했을까 책망하기도 했고 더 이상 늙지 않아도 된다는 생각에 왕년에 입었던 옷들을 용기 있게 꺼내놓기도 했다.

"뭘 말이야, 아들?"

헤어살롱 아줌마처럼 코에 가득 힘을 싣고 말하는 엄마의 애교 섞인 목소리에 성질이 난다. 왜 말투까지 그 아줌마를 따라 하려는 거야!

"그 미친 아줌마가 뱀파이어란 걸!"

"아들! 말이 좀 심하잖아. 어른한테 말버릇이 그게 뭐니!"

"엄마가 그 못생긴 아줌마 말투까지 따라 하잖아!"

"못생기다니! 우리가 특출한 거지 아줌마가 못생긴 게 아니야."

아들을 코앞에 두고 아줌마 편만 드는 엄마가 야속하기만 하다. 다시 한 번 다짐한다. 뱀파이어가 안 되기만 해봐라. 헤어살롱을 쫄딱 망하게 해줄 거다.

"그래서. 어떻게 그 아줌마가 뱀파이어란 걸 확신해? 증거라도 찾았어?"

"여자의 직감."

"뭐?"

"넌 남자라서 몰라. 여자의 직감이 얼마나 무서운 건지."

"겨우 직감 따위를 믿고 요상한 아줌마와 둘도 없는 사이가 되어버린 거야?"

"두고 봐. 여자의 직감이 뭔지 보여줄 테니까. 뱀파이어란 말을 듣는 그 순간, 뭔가 싸한 느낌이 왔거든."

비가 와도 너무 왔다. 장마도 아닌데 이렇게 쉬지 않고 쏟아져도 되는 건지 모르겠다. 이런 것도 이상기후에 속하는 건지, 이 모든 게 지구가 아파서 일어나는 일인지, 북극곰은 잘 있는지. 일기예보에선 이번 주 안으로 비가 그칠 거라고 하는데, 비가 그치고 나면 우리 가족들이 빗물에 흘려보낸 정신이 제자리로 돌아올까.

장마기간도 아닌데 비가 멈추지 않던 열아홉의 어느 날, 나는 뱀파이어가 되어야 할 운명에 처했다.

꽃가족, 퇴짜 맞다

“나도 따라가면 안 되냐?”

오랜만에 명수를 만났다. 자전거를 타러 같이 한강에 갔던 게 마지막이었으니 어언 석 달 만이다.

“너도 뱀파이어가 되고 싶냐?”

“그냥 구경만. 헤헤. 근데 소름 끼친다. 너 정말로 그런 걸 할 생각이야?”

“너도 알다시피 나 빼고 모든 가족이 동의한 상태야. 어쩔 수 없잖아.”

“나도 구경 간다. 알겠지?”

“그러든지.”

명수는 뭐가 좋은지 내내 싱글벙글이다. 상사에게 보고하듯 지난 며칠간 있었던 일들을 하나도 빠짐없이 낱낱이 보고했다. 명수는 수능을 앞두고 내가 뱀파이어가 될 준비를 하게 되었다는 대목에서 특히 놀라워했다.

"진짜로 뱀파이어가 되어버리면 어쩔 생각이야?"

"그럴 리가 없잖아."

"뱀파이어가 됐는데 머릿속이 텅텅 비어버리면 어쩔 거야? 수리영역 1번 문제도 못 풀게 되어버릴 수도 있잖아."

"그럴 리가 없다니까."

"아무래도 수능 끝나고 난 뒤에 뱀파이어가 되는 게 좋겠어. 우리는 고3이야. 몸 사려야지."

"그럴 리가 없다고."

"암튼 난 구경 갈 거야. 이번 주말이랬지?"

"응."

"사진 찍어도 되나?"

"맘대로 해."

명수가 어깨를 들썩이며 설렘을 감추지 못한다. 명수에게 시시콜콜 얘기한 건 명수가 내 유일한 친구이기 때문이 아니다. 실은 헤어살롱 아줌마가 집에 쳐들어온 것, 뱀파이어라고 밝힌 것, 엄마가 아줌마에게 단단히 홀린 것, 엄마의 성화에 견디지 못하고 뱀파이어가 되기로 한 것, 이 모든 이야기를 누구에게든 하고 싶었지만 나랑 얘기도 안 하는 반 애들한테 무턱대고 그런 얘길 할 순 없지 않은가.

"전봇대는 그 뒤로 본 적 없고?"

"이상하지? 코빼기도 안 보여."

아빠가 뭐라 구슬렸는지 모르겠다. 무튼 전봇대는 그날 이후로 보이지 않는다. 집 앞까지 쫓아온 걸로 보아 집요한 녀석일 줄 알았는데. 늪에서 빠져나오는 것보다 더 어려운 게 장필승한테서 빠져나가는 건데. 전봇대, 큰 결심 했네. 그 정도로 자기통제가 가능한 사람이라면 장차 훌륭한 인물이 될 거라 믿어 의심치 않는다. 그나저나 대체 아빠가 무어라 구슬렸기에 내 주위를 서성이는 걸 단번에 그만둘 수 있었을까. 아무튼 아빠는 정말 대단한 사람이다. 처음부터 내게 선택권이 있었던 건 아니지만 고분고분 엄마의 결정에 따르기로 한 것도 다 아빠 때문이다. 아빠는 언제나 최선의 선택만 했고 아빠의 결정은 늘 옳았으니까. 게다가 이번 일엔 누나와 내가 엮여 있다. 아빠가 엄마의 터무니없는 요구를 따라주기로 했을 땐 분명 뭔가 생각이 있어 그런 걸 거다.

"그럼 나 학원 땡땡이 좀 치게 엄마한테 네 핑계 좀 댈게. 이번 주말에 학원에서 보강한댔단 말이야."

"보강보다 뱀파이어 거행식이 더 중요하냐?"

"그런 기회가 내 평생 또다시 오겠어? 당연히 가야지. 그리고 수능이 얼마 남지도 않았는데 공부 몇 시간 더 한다고 성적이 오르겠어? 이미 우리가 갈 대학은 다 정해져 있어. 다만 불안하니깐 학원이며 독서실을 전전하는 거라고 생각해, 난. 넌 불안할 게 없으니까 그렇게 천하태평인 거고."

명수 말이 맞다. 수능이 코앞인데도 난 불안하지가 않다. 다들 내 성적이 좋으니까 그런 줄 안다. 사실 그것도 맞다. 어디든 내가 못 갈 곳은 없으니까. 하지만 그것과 다른 이유에서 불안하지 않은 것도 있다. 딱히 가고 싶은 대학이 없어서. 간절히 원하는 꿈이 없어서 수능점수가 무용지물처럼 느껴진다.

"넌 앞으로 어쩔 거야?"

다른 애들은 대체 어떤 미래를 꿈꾸기에 수능점수에 울고 웃을 수 있는 건지 문득 궁금해졌다. 모두들 꿈을 꾸고 사는 것인지. 나만 꿈을 못 찾고 헤매는 건지.

"어떻게 살긴. 잘 살아야지."

"아니, 뭐가 되고 싶냐고. 꿈이 뭐냐고."

"그런 거 없어. 지금은 일단 내 점수보다 조금 아주 조금 더 나은 대학 가는 게 목표야. 그다음 일은 대학 가서 생각하지 뭐."

그렇지? 다들 학생이라서 공부하는 것뿐이지? 대학 가야 하니까. 그렇다면 다행이다. 내가 왕따인 건 받아들일 수 있지만 나만 꿈이 없는 건 받아들일 수 없을 거 같다.

그날이 찾아왔다.

명수는 형의 양복을 훔쳐 입고 나타났다. 아빠 넥타이까지 두르고서 말이다. 구두는 또 얼마나 닦은 건지 번쩍번쩍 광이 난다.

"네가 나 대신 뱀파이어 돼주려고?"

명수의 차림에 피식 웃음이 난다. 나는 아직 눈곱조차 떼지 못했고 뗄 생각조차 없는데 멀끔하게 차려입고 나타난 꼴이 우습다. 꼭 뱀파이어가 될 사람이 내가 아니라 명수 같다.

"오늘이 어떤 날이냐. 뱀파이어의 세계를 엿보는 날 아니냐. 거무죽죽하게 해갈 순 없지."

명수 말이 끝나기가 무섭게 엄마가 불쑥 끼어든다.

"옷도 참 잘 입었지. 우리 아들도 너처럼 좀 단정하게 해 다니면 얼마나 좋아? 혹시 명수도 뱀파이어 될 생각 있어? 생각 있으면 이번 기회에 같이 하든지. 아무나 뱀파이어 시켜주는 건 아니라는데 우리 명수는 아줌마가 특별히 얘기 잘 해줄게."

"아, 아니에요. 전…… 수능이 얼마 안 남아서."

명수가 질겁하며 손사래를 친다. 진짜 뱀파이어가 될 것도 아닌데 다들 왜 저렇게 진지한 태도로 임하는 건지.

"아빠는 대체 언제 온대?"

아빠는 그날부터 쭉 집에 오지 않았다. 비가 며칠씩 내리는 동안에도, 비가 그치고 며칠씩 해가 쨍 뜨는 동안에도.

"집 앞이래. 어서 준비해. 시간 다 돼가니까."

엄마는 분주히 머리를 손질하고 백화점 갈 때나 입을 법한 옷을 꺼내 입는다. 누나는 차양 밑 강아지에서 도도한 고양이로 돌아왔다. 차분하게 머리를 묶고 허리를 꼿꼿이 세우고 앉아 화장을 고친다. 명수는 이 모든 광경을 황홀한 얼굴로 바라보고 있다.

엄마는 어젯밤 제철과일과 국화차를 식탁에 두고 작은 다과회를 열었다. 다과회에 초대된 사람은 아빠와 누나와 나였으나 아빠는 회사일이 바빠 불가피하게 참석하지 못하게 되었다고 통보해왔다. 인간으로 사는 마지막 날을 온 가족이 모여 기념하고 싶어 했던 엄마의 바람은 물 건너갔으나 엄마는 담담히 다음 날 있을 의식에 대해 설명했다. 영화에서처럼 뱀파이어에게 목덜미를 내어줄 필요는 없다고 했다. 옛날엔 새하얀 목덜미를 깨물어 피를 빨아 마셔 뱀파이어로 만들었지만 과학수사다 부검이다 수사기술이 엄청나게 발달해서 요즘엔 꿈도 못 꾼다고 했다. 목덜미를 잘못 깨물렸다 경동맥이 잘려 죽어나간 사람이 꽤 된단다. 헤어살롱 아줌마 말에 의하면 몇 년 전 9시 뉴스를 화려하게 장식한 미치광이 살인범이 바로 뱀파이어였단다. 힘 조절을 잘못해 사람을 죽이고 말았는데 과학수사로 쇠고랑을 차게 되었단다. 아직도 형량을 사는 중이라는 뱀파이어의 9시 뉴스 사건 이후로 목을 깨물어 뱀파이어로 만드는 의식은 완전히 중단되었다고 했다. 대신 뱀파이어들의 실질적 수장이라고 할 수 있는 이의 피를 헤어살롱 아줌마가 보관하고 있단다. 우리가 그 피를 마시기만 하면 뱀파이어가 될 수 있다.

"피? 진짜 피를 마셔야 해?"

엄마의 설명을 듣는 둥 마는 둥 하며 케이크만 야금야금 퍼먹던 누나의 눈이 휘둥그레졌다.

"당연하지."

누나와 나는 머릿속이 복잡해져서 콧구멍만 벌름거리고 앉아 있어야 했다. 엄마가 정성스레 준비한 다과들은 더 이상 삼킬 수가 없었다. 누나와 나는 엄마의 눈을 피해 새벽녘 문자메시지를 주고받았다.

— 진짜 피일까?

— 그 아줌마 무슨 짓이든 할 사람 같아 보였어.

— 사람 피일까?

— 설마.

— 그렇지? 사슴 피일까?

— 설마.

— 그렇지?

뱀파이어 같은 건 없을 테니까 적당히 시늉만 내다 말려 했는데 정체불명의 피를 마시게 될지도 모른단 생각에 동이 트고 나서야 잠깐 눈을 붙일 수 있었다. 명수는 이런 속사정을 아는지 모르는지 엄마 옆에 찰싹 붙어 앉아 뱀파이어에 대해 이것저것 물어보고 있다.

"준비 다 됐니?"

심란한 마음을 달랠 길이 없어 손톱만 잘근잘근 씹고 있는데 아빠가 불쑥 들어왔다. 거의 보름 만인 거 같다. 밤낮없이 회사 일에 시달렸을 텐데 넥타이가 조금 느슨한 거 빼고 여전히 완벽하다.

"어머, 여보."

엄마가 단숨에 아빠에게 달려가 살포시 안긴다. 엄마가 아빠에 정신이 팔린 틈에 방으로 들어가 손에 집히는 대로 옷을 갈아입고 대충 물을 묻히고 세수를 끝낸다.

"아빠."

순식간에 외출 준비를 끝낸 나는 엄마가 콧노래를 흥얼거리며 화장을 덧칠하는 동안 아빠 옆에 찰싹 달라붙어 선다.

"어쩔 생각이야?"

"글쎄다. 허허."

아빠가 내 머리를 쓰다듬으며 너털웃음을 친다.

"목소리 좀 낮춰. 엄마가 듣겠어."

"목소리가 너무 컸냐?"

"아빠. 우리 이대로 헤어살롱에 끌려갔다간 옴짝달싹도 못하고 누구 건지도 모르는 피를 마셔야 한다니까?"

"그래. 엄마한테 들었다."

"아빠. 난 선짓국도 못 먹어."

아빠의 태연한 반응에 울상을 짓고 만다. 아빠가 이토록 엄마를 사랑했던가. 뱀파이어도 갈라놓을 수 없는 사랑이었단 말인가.

"괜찮을 거야. 아빠 믿어."

아빠가 등을 토닥이며 위로 같지 않은 위로를 건넨다. 뱀파이어가 되는 것보다 더 싫은 게 누구의 것인지도 모를 피를 마셔야 한다는 거다. 차라리 내 목덜미를 깨물라 그래.

"언제 갈 거야? 나 약속 있단 말이야. 할 거면 후딱 하고 치워!"

병아리 같은 샛노란 원피스를 입은 누나의 뽀얀 얼굴에 짜증이 한가득하다. 아빠는 본체만체하고 현관으로 가 굽이 한 뼘은 될 거 같은 구두에 오른다.

"이야. 우리 딸, 오늘따라 더 예쁘네. 누구 만나러 가는 거야? 남자친구? 난 또 오랜만에 아빠 본다고 예쁜 옷 꺼내 입은 줄 알았더니. 섭섭하네."

찬바람이 쌩 불고 지나갔고 일순간 서먹해진 분위기에 명수가 어쩔 줄 몰라 하며 내 옆에 껌처럼 달라붙는다.

"무서워, 너희 누나."

어렸을 적부터 까칠한 누나의 본색을 가까이서 봤으면서도 명수는 아직도 누나의 저런 모습을 낯설어한다. 명수 속이 여려 그런 거라고 엄마는 말했고, 명수가 남중 남고만 나와서 그런 거라고 누나는 말했고, 여자는 원래 다 그런 거라고 아빠는 말했고, 나는 믿고 싶지 않아 귀를 틀어막았다. 정말로 세상에 모든 여자들이 엄마와 누나 같은 성격을 숨기고 있는 거라면 평생 독신으로 살겠다고 다짐했다.

"넌 옷 꼴이 그게 뭐니?"

엄마는 결국 옷장 구석 어딘가에 처박아 놓은 단정한 옷들을 꺼내온다. 싫은 표정을 짓자 아빠는 까짓것 엄마 기분 좀 맞춰주는 게 어떻겠냐는 표정으로 코를 찡긋한다. 남자로 산다는 건 너무 힘든 일이다. 내게 세상은 정말 살기 편한 곳인데 이 집구석은 살기가 너무 힘들다. 명수 말대로 어쩌면 세상은 정말로 공평한 걸지도 모르겠다. 다른 애들도 집에서 엄마 누나 눈치 살피며 고양이처럼 숨죽여 살아갈까. 그렇다면 좋겠는데…….

엎어지면 코 닿을 거리지만 아빠는 자동차 핸들을 잡아야 했다. 족히 한 뼘은 될 것 같은 하이힐을 신은 엄마와 누나 덕분이다. 어쩌다 보니 누나 옆자리에 앉게 된 명수는 다리를 달달 떨다 누나의 매운 손맛을 느끼기도 했다. 말도 안 되지만 우리 가족은 뱀파이어가 되기 위해 떠나는 중이고 정체불명의 액체를 마셔야 할 위기에 처했다. 더 황당한 사실은 이 모든 것이 엄마의 주름이 더 생기는 것을 막기 위해 벌어진 일이라는 것이다.

미용실은 커튼 뒤처럼 컴컴하다.

"어머어머. 왜 문을 닫아놨지?"

아빠가 완전히 주차를 끝내지도 않았는데 엄마는 차문을 벌컥 열고 나간다.

"아이, 이건 언제 치울 거래?"

반쯤 기울어진 가로수가 정수리를 간질이자 엄마는 새똥이라도 맞은 것처럼 질색하며 머리를 털어낸다. 그새 아빠는 주차를 끝냈고 우리는 아빠를 따라 차에서 내린다.

"여기야? 세상에. 요즘도 이런 미용실이 있대?"

누나가 신기한 듯 미용실 외관을 훑어본다. 어쩐지 며칠 사이 가로수가 더 기울어진 느낌이다. 우리가 미용실에 들어간 사이 가로수가 쓰러져 입구를 막을까 걱정이다. 그런 일이 일어날 리가 없지만 괴상한 아줌마가 있는 이 미용실이라면 가능할 것도 같으니까.

삐걱.

아빠가 문고리를 잡고 살짝 밀자 요란한 소음을 내며 문이 열린다. 바깥에서 보았던 대로 실내는 텅 비어 있다. 머리를 내맡긴 이도 머리를 자르는 아줌마도 보이지 않고 불은 모조리 다 꺼져 있다.

♬빰빠빰빠빠 빰빠빰빠빠 빠♬

♬축하합니다 축하합니다 당신의 생일을 축하합니다♬

♬축하합니다 축하합니다 뱀파이어로 태어난 걸 축하합니다♬

누나가 막 투덜대려던 그때, 엄마가 발을 동동 구르려던 그때, 명수의 얼굴에 아쉬운 빛이 스치던 그때, 폭죽이 펑 터지며 고깔모자를 쓴 아줌마가 촛불 꽂힌 케이크를 들고 카운터 뒤에서 튀어나왔다. 미용실에 처음 온 날 머리에 롤을 말고 있던 애란엄마라는 아줌마는 용수철처럼 빠글빠글한 파마머리를 통통 튕기며 손바닥에 불이 나도록 박수를 쳐댄다. 팡파르가 울려 퍼지고 노래방처럼 알록달록한 조명이 캉캉춤을 추는 아가씨처럼 화려하게 돌아간다.

"아니, 생일도 아닌데……, 이게 다 머래요?"

여느 여자들처럼 이벤트를 좋아하는 엄마는 눈물을 글썽이며 두 손을 모은다.

"오늘 다시 태어나는 거잖아요. 필승군 가족들은 이제 오늘이 생일이에요. 다시 한 번 생일 축하해요. 자, 어서 초를 불어요. 소원을 빌고."

엄마가 파닥파닥 손짓을 하며 우리를 케이크 가까이로 불러 모은다. 엉겁결에 같이 촛불을 끈 명수가 손으로 입을 막으며 아줌마의 눈치를 살핀다. 다행히 아줌마는 아직 명수의 존재를 눈치채지 못한 것 같다.

"정말 이 은혜를 어떻게 다 갚아야 할지. 우리 앞으로 더 친하게 지내요."

엄마는 아줌마의 두 손을 꼭 맞잡으며 나긋나긋 말한다.

"아휴, 그렇게 생각해주니 내가 더 고맙죠."

아줌마와 엄마는 미용실엔 어울리지 않는 노래방 조명 아래에서 죽고 못 사는 죽마고우처럼 꼭 붙어 선다. 꼭 블루스라도 춰야 할 것 같은 분위기다. 때마침 애란엄마라고 불리는 아줌마가 구석에 있는 노래방 기계에 가서 잔잔한 팝송을 튼다. 분위기 한번 묘하다.

"불 좀 켜죠?"

보다 못한 누나가 벽으로 성큼성큼 걸어가 불은 켠다.

"아! 안 돼!!!"

아줌마가 질겁한 얼굴로 뛰어와 다시 불을 끈다.

"너무 밝잖아요. 선글라스도 안 꼈는데."

아줌마의 입에서 작은 한숨이 새어나온다.

"설마 우리도 선글라스 끼고 다녀야 하는 거 아니죠? 설마 빛을 피해 다녀야 하는 거예요? 아줌마처럼 까만 옷만 입어야 해요?"

누나가 인상을 쓰자 아줌마는 바닥에 깔아둔 하얀 초에 하나하나 불을 붙인다.

"아니에요. 내가 좀 특별해서 그래요. 음…… 설명하자면 순수혈통인 거죠. 왜, 영화나 소설에 나오는 뱀파이어들 있잖아요. 햇볕에 노출되면 피부가 타들어가서 밤에만 활동하던. 난 전혀 진화하지 못한 채로 태어났어요. 이유는 모르겠지만. 내 동생도 이러진 않은데 나만 그러네요."

"버릇없이 굴지 마라."

엄마가 누나를 나무라며 아줌마를 측은히 바라본다.

끝까지 의심의 끈을 놓아서는 안 된다. 요즘 세상이 어떤 세상인데. 눈 잠깐 깜빡하는 사이에 등쳐먹고 도망가는 세상이다. 야금야금 꾀어서 어느새 풍덩 빠진 엄마의 모습이 시사프로그램에 모자이크되어 나오던 사이비종교에 혈안이 된 어느 가정의 주부와 다를 바가 없어 보인다. 이러다 교주란 사람이 와서 우릴 다 잡아가는 건 아닐까, 아빠가 퇴근시간도 제대로 지키지 못하며 모아놓은 돈을 모조리 다 뺏어가는 건 아닐까, 방심해선 안 된다. 눈 뜨고도 코 베어간다 했으니.

"시작할까요?"

초에 불을 다 붙인 아줌마가 의미심장한 표정을 짓는다. 우리 가족은 둥그런 초에 둘러싸였다. 명수는 슬쩍 뒤로 빠져 앉지도 서지도 않은 채로 소파 앞에 엉거주춤하게 서 있다.

"그전에 먼저 할 일이 있죠! 애란엄마? 거기 카메라 좀."

애란엄마가 골동품이라 해도 믿을 만큼 낡은 카메라를 목에 걸고 맞은편에 선다.

"자, 웃어요. 웃어!"

아줌마가 아빠와 엄마 사이에 끼어들어 팔짱을 낀다. 엄마가 변했다. 예전 같았음 눈에 불을 켜고 아줌마를 아빠에게서 떼어냈을 텐데 아줌마가 시킨 대로 환하게 웃으며 카메라를 쳐다보고 있으니.

"찍을게요. 하나, 둘, 셋!"

플래시가 번쩍 터진 탓에 눈을 감았을지도 모르겠다. 필름카메라인 모양이다. 셔터가 깜빡한 순간 필름 넘어가는 소리가 요란하게 들려왔다. 눈을 감았는지 떴는지 확인할 방법이 없어 난감하지만 상관없다. 눈 감고 찍힌 사진에서마저 빛이 날 테니까.

"설마 우리랑 찍은 사진 여기에 걸어놓으려는 건 아니겠죠? 내가 이런 데서 머리한다는 헛소문만 퍼졌단 봐요. 가만있지 않을 테니까!"

누나가 발끈하며 주먹을 움켜쥔다. 누나가 다니는 미용실 원장님이 들으면 까무러칠 소리긴 하다.

"그건 나중에 차차 이야기하기로 하고, 지금은 우리가 중요하게 해야 할 일이 있잖아요? 사실 필승군 누나 머리에 대해선 할 말이 많긴 해요. 좀 촌스럽달까. 얼굴이 워낙 출중해서 다른 사람들은 눈치채지 못하겠지만 나 같은 전문가 눈엔 좀 거슬리긴 하는데……. 시간 나면 내가 꼭 한번 손봐줄게요. 화룡점정일 거야, 머리만 바뀌면. 그렇지, 애란엄마? 호호호."

누나는 기가 막혀 아무 말도 못하고 가만히 서 있다. 얼굴은 붉으락푸르락하고 온몸이 파르르 떨린다. 아줌마는 누나 인생에 처음이자 마지막으로 외모를 지적한 인물로 남을 것이다. 아줌마가 손을 뻗어 내 머리를 쓰다듬으며 지나간다. 내 머리를 완성시킨 게 자신이란 사실이 뿌듯한지 어깨를 펴고 의기양양하게 걸어간다. 누나는 괜히 나를 무섭게 쏘아본다. 입술을 꼭 깨물고 먼 산을 바라본다. 이럴 땐 눈을 마주치지 않는 게 상책이다. 누나는 화가 잔뜩 난 말벌 같다. 조금 스치기만 해도 꼬리를 내뺀 채 달려들어 침을 쏠 태세다. 독을 가득 머금고 있을 게 뻔하다. 침에 쏘이면 끝장이라 보면 된다. 아빠도 상황을 눈치챘는지 누나에게서 한 발자국 물러선다. 명수는 말할 것도 없고. 눈치 없는 아줌마와 엄마만 콧노래 흥얼거린다.

"이제 정말 시작해볼까요?"

아줌마가 바퀴가 달린 커다란 철제박스를 밀면서 걸어온다. 박스가 지나간 자리엔 붉은 녹 가루가 주근깨처럼 박힌다. 녹이 잔뜩 슨 박스를 여는 게 쉽지 않은지 한참 뚜껑을 부여잡고 씨름하던 아줌마는 결국 아빠에게 도움을 청한다. 기분 나쁜 물건에 아빠가 손대는 게 싫어 소매를 슬쩍 당겼다 놓았지만 박스로 한 발 두 발 다가가는 아빠를 막진 못했다. 아빠가 힘을 주자 단번에 박스 뚜껑이 열린다. 다른 곳에 정신 팔린 엄마는 눈치채지 못했겠지만 아줌마와 애란엄마의 눈동자가 동시에 빛나며 아빠에게 반하는 순간을 나는 목격했다. 괜스레 내 어깨가 으쓱해진다. 역시 우리 아빠다. 모든 게 완벽하다. (객관적으로 놓고 보면 아빠는 절대 내 얼굴을 따라올 순 없지만) 세상에 아빠보다 멋진 남자는 없을 것이다. 완벽 그 자체다.

박스가 열리자 하얀 연기가 뭉글뭉글 피어오른다. 순식간에 눈앞이 흐려진다. 미용실 안이 하얀 연기로 가득 찼다. 콜록거리는 아줌마의 기침소리가 억지스럽다. 연기는 조금도 메케하지 않은데. 찰칵, 플래시가 터졌다. 또 사진을 찍은 모양이다. 가만히 서 있기 뭐해서 사진을 찍어봤다고 말하는 애란엄마의 목소리가 연기 사이로 들려온다.

"문 좀 열면 안 돼요?"

누나의 짜증 섞인 말투에도 아랑곳 않고 아줌마는 박스 안에 손을 넣고 휘적대기만 한다.

"찾았다!"

달그락달그락 소리와 함께 아줌마가 소리를 지른다. 내내 투덜대던 누나도 관심 없는 척하던 나도 아줌마의 손끝에 집중한다. 희미한 연기 사이로 빨간 액체가 담긴 유리병이 보인다. 뱀파이어의 피일 리가 없다는 걸 알고 있으면서도 순간 소름이 오스스 돋았다. 저걸 정말로 마셔야 할까. 아줌마는 바닥에 둔 작은 바구니에 유리병을 옮겨 담는다. 하나 둘 셋 넷, 알 수 없는 액체가 담긴 유리병이 든 바구니를 들고 아줌마가 서서히 다가온다. 아줌마가 지날 때마다 미용실을 겨우 밝히고 있던 양초가 하나씩 꺼진다. 엄마 누나 나 아빠 순으로 유리병을 건네받았다. 갓 짠 우유가 든 것처럼 유리병이 따끈따끈하다. 속이 메슥거린다. 헛구역질이 나려고 하는 걸 겨우 참고 있다.

"자, 뚜껑을 여시고……."

뭐에 홀린 듯 동시에 뚜껑을 연다. 찰랑찰랑 빨간 액체가 흔들린다. 유리병을 꼭 쥔 내 손이 덜덜 떨고 있는 모양이다. 아줌마가 피식 웃는다. 장필승은 완벽해야 하는데, 이런 모습을 들키면 안 되는데. 엉덩이에 힘을 꽉 주고 선다. 떨지 마. 눈 꼭 감고 마시면 그만이야. 분명 아무 일도 일어나지 않을 거고 아줌마가 미쳤다는 걸 증명하게 되겠지.

"긴장할 거 없어요. 썩 나쁜 맛은 아닐 거예요. 자, 이제 병을 입에 가까이 가져가세요."

눈을 질끈 감아버렸다. 피가 분명하다. 비릿한 냄새가 코를 찌른다.

"자, 이제 동시에 마시는 겁니다. 끝까지 다 마셔야 해요. 아까우니까. 언제 또 피 맛을 보게 될진 장담 못하니까요. 나중에 후회하지 말고 있을 때 원샷! 알겠죠? 겁내지 말아요. 아무에게나 이런 기회가 주어지는 거 아니니까요."

음료수 한 캔은 될 법한 양이다. 벌써부터 속이 메슥대는데 마시다 내뱉지는 않을지 걱정이다. 아니 근데, 내가 왜 이걸 다 못 마실까 걱정하는 거야, 내가 왜 이런 걸 들고 우스꽝스럽게 서 있는 거야, 아니, 우리 가족은 왜 바보처럼 저 아줌마가 시키는 대로만 하고 있는 거냐고!

눈을 번쩍 떴다. 손가락 하나가 옆구리를 푹 찔렀기 때문이다. 옆에 서 있던 아빠가 뜻 모를 눈짓을 한다. 엄마와 누나도 망설이고 있다. 그렇게 뱀파이어 뱀파이어 노래를 부르더니 역시 피 한 병은 엄마에게도 무리인가 보다.

쿠쿵!

미용실 문이 부서질 듯 거칠게 밀린다. 희미한 연기 사이로 검은 양복을 입은 남자들이 들어오는 게 보인다.

"꼼짝 마!"

"꺅!"

누나가 비명을 지른다. 놀란 누나의 손에서 피가 가득 든 병이 떨어진다. 유리가 깨어지며 사방에 빨간 피가 튀기자 아줌마가 무릎을 꿇고 앉아 울부짖는다.

"이 귀한 걸!"

잡아먹을 듯 무섭게 누나를 노려본 아줌마가 손바닥으로 바닥에 흩어진 피를 쓸어 모은다. 남자들이 아줌마를 일으켜 세운다.

"저희랑 같이 가셔야겠습니다."

"이거 놔! 당신들 누구야! 내가 뭘 잘못했다고 그래!"

아줌마가 남자들을 힘껏 밀어내지만 소용없다.

"그 손 당장 놔요! 경찰에 신고할 거예요!"

엄마가 남자들을 가로막고 선다. 남자 하나가 엄마의 오른손이 꼭 쥐고 있는 유리병을 흥미롭게 내려다본다.

"제가 말씀드리죠."

한 걸음 뒤로 물러나 있던 남자가 다가와 흥분한 엄마에게 차분히 말을 건넨다. 아빠가 남자들이 아줌마를 데리고 나갈 수 있게 엄마를 미용실 의자에 억지로 앉힌다.

"저분을 체포한 이유는……."

"체포? 지금 체포라고 하셨어요?"

엄마가 다급히 되묻는다.

"네, 체포. 긴급체포되셨습니다. 죄목을 자세히 설명하긴 곤란한

데, 사기꾼이라 생각하시면 됩니다. 손에 든 그거, 버리는 게 좋으실 겁니다. 그럼 이만."

검은 양복을 입은 남자들이 연기처럼 순식간에 사라진다. 엄마는 아줌마가 그랬던 것처럼 옷이 피에 젖는 것도 모르고 바닥에 털썩 주저앉는다. 아빠가 황급히 우리 손에 들린 유리병을 빼앗아 철제박스 속으로 집어던진다. 와장창, 유리 깨어지는 소리에 엄마가 화들짝 놀라며 눈물 한 방울을 또르르 흘린다. 엄마는 우는 것마저 예쁘다. 진심인데, 엄마에게 위로의 말이 될까. 애란엄마는 어느새 사라지고 없다. 검은 양복의 남자들, 아니 경찰들이 애란엄마도 체포해 간 걸까. 명수는 소파에 앉아 다리를 달달 떨고 있다. 누나의 혼이 쏙 빠지지만 않았다면 매운 손맛을 다시 한 번 느낄 수 있을 텐데. 자욱하던 연기가 사라진 미용실은 방학 중 교실처럼 적막하기 짝이 없다. 흥건한 피 사이로 반짝이는 유리조각들. 울기만 하는 엄마와 넋이 나간 누나. 누가 보면 살인사건이라도 일어난 줄 알겠다. 한시라도 빨리 이 자리를 뜨고 싶어 아빠의 소매를 당겼다 놓는다.

파란 코끼리가 도망을 가면 마녀가 깨어난다

입에서 비릿한 피 맛이 계속 맴돈다. 미용실 문이 부서질 듯 열리며 검은 양복의 남자들이 우르르 들이닥칠 때 유리병 속의 액체가 한 모금 입속으로 들어온 것 같기도 하고 아닌 것 같기도 하고. 첫맛은 비릿했지만 끝맛이 달짝지근했다는 생각이 드는 것 같기도 하고 아닌 것 같기도 하고. 희미해지는 연기 사이로 전봇대의 얼굴을 본 것 같기도 하고 아닌 것 같기도 하고. 실감나는 꿈에서 깨어난 것처럼 아직도 정신이 몽롱하다.

엄마는 신경질적으로 리모컨 버튼을 누른다. 음량을 높였다 낮췄다 9번을 틀었다 11번을 틀었다, 리모컨이 무슨 죄라고. 누나는 아예 문을 걸어 잠그고 방에서 나오질 않는다. 약속이 있다고 그러더니 입을 삐쭉 내밀고 집으로 돌아오는 내내 한마디도 하지 않았다. 아빠는 내게 두 여자를 잘 부탁한다는 말만 남기고 회사로 바삐 돌아갔다. 집으로 돌아왔을 즈음부터 줄곧 아빠의 휴대전화에 불이 나게 전화가 왔다. 모두 '부장님'을 찾는 전화였다. 아빠는 휴대전화를 붙잡고 오늘만 봐달라는 말을 몇 번 하다 니코틴 같은 찐득한 한숨을 내쉬었다. 사과할 일도 아닌데 미안해서 어쩌냐며 자꾸 뒤돌아보는 아빠 때문에 마음이 짠했다. 명수는 누나만큼이나 넋이 빠져 다리를 후들거렸다. 자꾸 휘청대는 통에 아빠의 차로 집까지 태워다줘야 했다.

가라앉는 배에 타고 있는 기분이다. 방에 들어가 꼭꼭 숨어 있고 싶은데 두 여자를 부탁한다는 아빠의 간곡한 부탁에 그럴 수도 없다. 언제 엄마와 누나가 신경질적으로 폭발할지도 모른다는 불안감에 초조해진다. 커피에 취했던 그날처럼 심장이 튀어나오려 한다. 딱 한 번 커피를 마셔본 적이 있다. 투명한 유리잔을 채운 새까만 커피. 파란 코끼리의 문을 열 때마다 후각을 자극하던 커피향기에 매료되었다. 형에게 향기의 정체를 한 잔 내어달라고 주문했고 형은 우유를 담아주던 컵에 까만 커피를 담아주었다. 커피의 첫맛을 절대 잊을 수 없을 것이다. 누나가 왜 이런 걸 먹기 위해 햄버거 하나보다 비싼 돈을 내고 사서 마시는지, 형은 한약보다 더 쓴 커피를 팔면서 왜 박하사탕은 준비해주지 않는 건지 도무지 이해되지 않았다. 누가 내 혀에 풀을 문지르고 도망간 것처럼 혀가 욱신댔다. 써도 너무 썼다. 형은 내 표정이 찌그러진 냄비 같다고 웃으며 커피를 대신 마셨다. 더 크면 다시 오라고, 어른이 되면 다른 맛이 느껴질 거라고 하면서. 문제는 그뿐이 아니었다. 심장이 쿵쾅대기 시작했다. 손끝이 파르르 떨려왔다. 심장 두근대는 소리가 귓전에 울리면 머리가 어지러워 서 있을 수가 없었다.

"커피에 취해서 그래."

형은 물 한 잔을 건네주며 마시라고 했다. 그날 이후 시럽을 들이부은 커피조차도 입에 대지 않았다. 심장이 몸 밖으로 튀어나오는 줄 알았다. 지금 기분이 꼭 커피에 취했던 그날 같아서 가만히 앉아 있을 수가 없다. 자꾸만 누나의 방 앞에 귀를 대고 서서 문 너머의 상황을 조심스레 엿듣는다. 엄마의 옆에 앉았다 일어섰다 하며 기분을 살핀다. 다른 집에선 상상도 할 수 없는 일이겠지. 고3 눈치 본다고 텔레비전조차 방에 숨어본다던데 어찌 된 게 우리 집은 고3이 다른 가족들 눈치 살피느라 책상 앞에 앉을 시간도 없게 된 건지.

하긴 고3은 벼슬이 아니니까.

국사선생님이 그랬다. 대학에 입학하고 이십 년쯤 지나 되돌아보니 어느 대학 출신이냐는 것은 개미 똥만큼도 중요하지 않더라고. 그러니 그 사소한 것에 목숨 걸지 말라고. 중요한 건 열아홉에 배울 수 있는 것들을 배우는 거라고. 그리고 난 오늘 중요한 걸 한 가지 배웠다. 미용기술을 배워야겠다는 마음. 내가 머리만 자를 줄 알았더라면 오늘의 사태는 발생하지 않았을 테니까. 아무래도 수능을 치고 나면 미용학원에 등록을 해야 할 것 같다.

9시 뉴스가 시작되자 엄마는 리모컨 버튼 누르는 일을 멈추고 뉴스에 집중한다. 혹시나 아줌마 사건이 나올까 싶어 나도 소파 끄트머리에 살며시 앉는다. 갖가지 사건과 사고들이 보도되는 와중에 아줌마의 사건은 보이지 않는다. 근데 경찰들이 원래 검정 양복을 입고 다녔나? 뉴스에서 보이는 경찰들은 검정 양복을 입고 있지 않다. 하긴 알게 뭐람. 우리가 무사히 빠져나왔으니 그걸로 된 거지. 아줌마야 어찌 됐든 상관없다. 그냥 꿈을 꿨다 생각할 거다. 주머니에 들어 있는 차가운 쇳덩이 때문에 꿈이라고 모른 척할 수 있을 진 모르겠지만.

아줌마는 내 손에 열쇠 하나를 쥐어주었다. 무릎을 꿇고 쏟아진 피를 손바닥으로 처절히 모으던 아줌마를 남자들이 일으켜 세우던 순간, 아줌마는 내 손을 붙잡고 무언가를 건네주었다. 차갑고 섬뜩한 쇳덩이. 집에 오는 순간까지 쇳덩이가 쥐어진 왼손을 펼 수가 없었다. 꼭 쥔 주먹을 가족들이 집으로 다 들어가고 난 다음 현관문 앞에서 살짝 풀어보았다. 빨간 피로 물든 열쇠가 별처럼 반짝였다. 아빠에게 말을 해야 할까 망설이다 지금 이 시간까지 흘러와 버렸다. 화장실에서 대충 물로 씻은 후 주머니에 넣었다. 아줌마는 열쇠를 지키기 위해 필사적으로 내게 떠넘겼을 거다. 들고 있다간 경찰에 뺏기는 건 시간문제일 테니.

아프리카 칼라하리 사막에서 파란색 코끼리 한 마리가 발견되었습니다. 한 여행객의 카메라에 포착된 모습이 인터넷에 떠돌고 있는데요. 파란색의 코끼리는 학계에 보고된 적 없어서 사진의 조작 여부를 두고 뜨거운 논란이 벌어지고 있다고 합니다. 사진 속 코끼리는 바짝 마른 호수 위에 우뚝 솟은 바위 같은데요. 아프리카 현지에선 사냥꾼들이 파란 코끼리의 생포를 위해 떠났다는 소문이 일고 있다고 합니다.

파란 코끼리다. 드넓은 사막에 비하면 초승달만큼 조그맣지만 코끼리는 분명 파랬다. 화면을 가득히 채운 사진 한 장. 형은 정말로 파란 코끼리를 만났던 거다. 호수가 바짝 마른 건 코끼리가 물을 다 마셔버렸기 때문이랬고 그래서 코끼리는 파랗게 되었다고 했다. 스마트폰으로 포털사이트에 파란 코끼리를 검색해본다. 뉴스에 나왔던 사진 한 장이 곳곳에 떠다닌다. 휴대전화 배경화면으로 어느 여행자가 찍었다는 파란 코끼리를 저장한다. 사람들은 선명한 파란색의 코끼리를 잠시 반가워하다 금세 흥미를 잃고 또 다른 사냥감을 찾아 나섰지만 나는 오래도록 액정 속 파란 코끼리를 바라보았다.

"커피 한 잔 사와."

때마침 누나의 방에서 만 원짜리 한 장이 날아온다. 형은 장사하느라 뉴스를 못 봤을 거다. 어서 가서 이 소식을 전해야겠다. 파란 코끼리가 잘 지내고 있다고. 형이 무척 기뻐할 거 같다. 파란 코끼리가 보고 싶다고 말했으니까. 그리고 오늘 있었던 일에 관해서도 좀 늘어놓아야겠다. 형은 어지러운 마음을 제자리로 돌려놓는 탁월한 재주가 있는 사람이니까. 오늘처럼 누나의 커피심부름이 반가웠던 적이 있었을까. 날름 만원을 주워들고 슬리퍼에 발을 꿴다.

집에서 탈출했단 사실만으로도 속이 뻥 뚫린다. 비가 내리려는지 공기가 눅눅하지만 나는 박하사탕이 된 것처럼 상쾌하기 그지없다. 부러 걸음을 천천히 늦춘다. 파란 코끼리에서 시간을 좀 때우다 갈 생각이다. 손님이 무지하게 많더라고 핑계 좀 대지 뭐.

이상하다. 파란 코끼리가 보이지 않는다. 이쯤 되면 파란 조명을 은근히 내뿜는 파란 코끼리가 보여야 하는데 온통 검기만 하다. 조급한 마음에 발걸음이 급해진다.

파란 코끼리의 불이 꺼져 있다.

개인사정으로 당분간 문을 닫습니다. ㅠㅠ

미리, 메리 크리스마스! ^^

크리스마스? 하루 이틀도 아니고 크리스마스까지 문을 닫는다고? 10월이다. 이제 막 10월이 되었다. 공식휴무일인 월요일을 제외하고 파란 코끼리의 문은 언제나 열려 있었다. 한번은 누나가 시험기간에는 월요일에도 문을 닫지 않으면 안 되겠냐고 부탁한 적이 있었는데 호기롭게도 형은 누나의 부탁을 단번에 거절했다.

"하늘이 두 쪽 나도 월요일엔 가게 문을 열 수 없어요. 그래야 다른 요일엔 문을 닫지 않겠다는 약속을 지킬 수 있거든요."

형은 퉁명스러운 누나의 면전에 대고 또박또박 말했다. 거절에 익숙하지 않은 누나는 자존심이 상했는지 그 이후론 파란 코끼리 형을 장필승 대하듯 했다. 형은 누나 앞에서도 절대 긴장하지 않는 유일한 사람일 거다. 아무튼 월요일을 제외한 다른 요일에는 하늘이 두 쪽 나도 가게 문을 열던 사람이 크리스마스까지 무려 3개월을 언질도 없이 문을 열지 않겠다니. 무슨 일이라도 생긴 걸까. 며칠 전에 왔을 때도 그런 말 없었는데. 그래, 지금 형 걱정할 때가 아니다. 월요일도 아닌데 커피를 안 사가면 누나가 어떻게 반응할지 눈에 뻔하다. 파란 코끼리 옆집인 프랜차이즈 카페의 문을 연다. 커피 향이 진동하는 건 파란 코끼리나 여기나 매한가지구나. 누나의 요구대로 진한 커피를 주문한다. 누나의 나쁜 기분을 고려해 텀블러까지 챙겨왔다. 집에까지 가는 동안 커피가 식지 않게 하기 위해서. 세상에 이런 동생이 또 어디에 있나 모르겠다. 얼굴까지 잘생겼는데 성격까지 좋다니, 누가 될지 몰라도 나랑 결혼할 사람은 정말로 땡잡은 거다. 땡!

"이거 뭐야! 내가 사오라는 게 아니잖아!"

쓴맛이 거기서 거기지. 텀블러에 담아가서 모르고 마실 만도 한데 누나는 귀신같이 파란 코끼리의 커피가 아님을 알아차린다.

"그게 아니라……."

"그게 아니긴 뭐가 아니야! 하나밖에 없는 누나가 커피 좀 사달라는데 그게 귀찮아서!"

"그게 아니라, 문을 닫았잖아."

"이제 거짓말까지? 너 커서 뭐가 되려고 그러는 거야?"

클 만큼 다 컸는데 누나는 이럴 때마다 여덟 살짜리 꼬마를 붙잡고 이야기하는 것처럼 말한다. 허리에 손을 얹고 입술을 앙 깨물기까지 하며. 무시하려면 무시할 수 있지만 누나니까, 우리 누나니까 참고 끝까지 들어주는 거다. 세상에 나한테, 감히 장필승에게 이렇게 대하는 사람은 누나가 유일할 것이다.

"크리스마스까지! 문 닫을 거래. 며칠 전에 갔을 때도 그런 말 없었는데."

"진짜야?"

누나의 목소리가 잦아든다. 다행이다.

"진짜야. 안 믿을까 봐 이렇게 사진까지 찍어왔어."

휴대전화에 저장한 사진을 누나에게 보여준다. 누나는 믿을 수 없다는 듯 사진을 확대해 보고 또 본다. 하긴 나도 아직 안 믿기니까. 파란 코끼리를 알고 지낸 긴 시간 동안 형은 남들 다 가는 휴가 한 번 떠난 적이 없다.

"웬일이래?"

난 어깨를 으쓱하는 것으로 대답을 대신한다.

누나는 애써 사온 커피를 소파에 앉아 신경질적으로 리모컨을 누르는 엄마 앞에 놔둔다. 엄마는 눈길도 안 주고 채널을 바꾸고 음향을 조절한다. 뉴스가 끝나도록 아줌마 소식은 나오지 않았나 보다. 가끔은 혼자 있고 싶을 때가 있지. 나는 엄마를 두고 누나 뒤를 졸래졸래 쫓아 누나 방으로 따라 들어간다.

"근데 누나."

"왜."

누나는 침대에 벌러덩 누워 조명을 보며 눈을 껌뻑껌뻑 감았다 뜬다.

"파란 코끼리 알아?"

"파란 코끼리가 파란 코끼리지."

"그게 아니라 파란 코끼리가 왜 파란 코끼린지 아냐고."

"몰라."

"형이 파란 코끼리를 본 적이 있대."

"흥."

누나가 콧방귀를 뀌며 방에서 나가라는 손짓을 하지만 나는 아랑곳 않고 바닥에 퍼질러 앉아 이야기를 계속한다. 형이 아프리카 사막에서 쓰러진 이야기, 거기서 코끼리를 만난 이야기, 코끼리가 파랬단 이야기, 코끼리가 물을 뿜어 살려줬단 이야기, 코끼리의 말이 들렸단 이야기, 코끼리가 파랗게 된 이야기까지…….

"그 남자 제정신이라니?"

누나가 두 다리를 번쩍 들어 올리더니 하늘자전거를 타기 시작한다.

"더 놀라운 사실 가르쳐줄까? 아까 9시 뉴스에 파란 코끼리가 나왔어. 칼라하리 사막에서 발견되었대. 인터넷에 사진이 막 떠돌아다녀. 파란 코끼리가 정말로 있단 소리 아니겠어?"

"그 남자 말이 사실이라고?"

"그런 셈이지."

내가 파란 코끼리를 만난 적이 있는 것도 아닌데 괜히 우쭐대게 된다. 어쨌든 장안의 화제인 파란 코끼리를 만나본 적 있는 사람을 나도 알고 있는 거니까. 형은 어떻게 생각할지 모르겠으나 나는 우리가 꽤 가까운 사이라고 생각하니까. 학교 가도 자랑할 친구가 없으니 누나에게 자랑을 하는 거다. 실은 그래서 마녀의 소굴에 제 발로 따라 들어온 거고. 파란 코끼리 얘기가 하고 싶어 아까부터 입이 근질근질했는데 형은 문을 닫아버렸지 엄마에겐 입도 뻥긋 못하겠지, 그러니 누나밖에 더 있겠어.

"그 남자 말이야. 절대 파란 코끼리 문 닫을 사람이 아니지?"

누나가 하늘자전거를 타다 말고 침대에서 몸을 일으켜 베개에 기대어 앉는다.

"아니지. 절대 아니지."

"혹시 말이야, 코끼리를 찾으러 간 거 아닐까?"

"뭐?"

"인터넷에 사진이 쫙 퍼졌다며. 그 남자가 세 달이나 파란 코끼리 문 닫을 일이 뭐 있겠어? 코끼리 찾으러 갔겠지."

"그런가?"

"메리 크리스마스까지 했으니까 올해가 끝나기 전에는 돌아오겠지? 새해 복 많이 받으란 말은 없었지?"

"응."

"아휴! 무책임한 사장이야! 내 그럴 줄 알았어! 그렇게 자신만만하더니 사람 뒤통수를 쳐? 내 커피는 이제 어쩔 거야?"

누나가 나를 매섭게 노려본다.

"그걸 왜 나한테 물어."

"너 그 사장이랑 친했잖아. 네가 책임져. 전화를 하든지 문자를 보내든지 하란 말이야."

"몰라, 전화번호."

"몰라?"

"몰라."

"몰라! 네가 책임져! 난 커피를 마실 거니까!"

마녀가 베개를 던진 통에 잽싸게 마녀의 소굴에서 탈출한다.

필승이의 화려한 일주일

월요일.

학교에서 내내 잠만 잤다. 들어오는 선생님마다 어디 아픈 거 아니냐며 걱정스레 물었고 나는 엎드려 있어도 되겠냐고 조심스레 여쭈었다. 언제나 조금은 흐트러지려고 노력하는데 어찌 된 건지 다른 사람 보기엔 그 모습마저 바르게 보이나 보다. 꼿꼿하게 앉아 수업에 열중하던 반장이 온종일 엎어져 있으니 반 분위기가 이상하게 축 처졌다. 아이들에겐 미안하지만 나도 별수가 없었다. 주말 내내 엄마와 누나의 눈치를 보느라 바짝 긴장하고 있어서 그런지 몸살 기운이 살살 돌았다. 설상가상 입에선 피비린내가 가시지 않았다. 겨우 한 모금이다. 어쩌면 한 모금도 안 될지도 모른다. 분명 피였다. 그 한 모금이 영 찝찝하다. 혀에 닿았던 그 피 한 모금이 얼마나 찝찝한지는 피를 마셔보지 않고서는 가히 상상도 할 수 없을 것이다. 끔찍한 피비린내가 언제쯤이면 잊힐 수 있을까.

화요일.

학교에서 조퇴를 했다. 열이 펄펄 끓어 도저히 앉아 있을 수가 없었다. 어떻게 집에까지 돌아갔는지 기억나지 않을 만큼 많이 아팠다.

수요일.

장필승 인생 최초로 결석을 했다. 세상은 참 불공평하지. 난 잘 아프지도 않았다. 엄마는 모유 수유 덕분이랬고 누나는 우리가 완벽해서 그런 거랬다. 그런 내가 아파서 몸져누운 것이다. 자존심 상하게. 장필승 인생 최대 고비였다.

목요일.

또 결석을 했다. 간밤에 번갈아가며 머리에 물수건을 얹어주던 가족들의 얼굴이 스치고 지나간다. 엄마, 아빠, 황송하게도 누나까지.

금요일.

담임이 찾아왔다. 수능이 얼마 남지 않았다는 말을 몇 번이고 했다. 몸 관리를 잘 하는 것도 성적을 유지하는 것만큼이나 중요하다면서. 담임은 누워서 풀라며 선심 쓰듯 교사용 문제집 한 권을 선물하고 지난번 가정방문 때 받지 못한 식사 대접까지 받고 돌아갔다. 담임과 한 상에 둘러앉은 엄마와 누나는 꽤 화기애애한 척을 하며 힘겨운 식사를 마쳤다. 엄마는 담임이 썩 마음에 들지 않는가 보다. 무좀이라 불리는 국사선생님이 훨씬 낫다고 얘기하는 걸 보니.

토요일.

학교에 가지 않는 날이라 그런지 몸이 조금 가벼워진 느낌이다. 오슬오슬 추운 건 여전해 옷장에서 후드잠바를 꺼내 입었다. 후줄근하다는 이유로 엄마가 싫어하는 옷 중의 하나다. 평소 같으면 집에서라도 그런 옷 입지 말라고 잔소리를 했겠지만 환자 신세라 그런지 별말을 하지 않으셨다.

일요일.

꽤 살 만하지만 엄마와 누나의 잔소리에서 해방되고자 조금 더 아픈 척을 하기로 했다. 게다가 사촌누나의 결혼식 날이란다. 귀찮았는데 차라리 잘되었다.

갈증이 나서 목을 축인 것뿐인데

"우리 잘생긴 아들 자랑해야 되는데, 결혼식 못 가서 어째."

침대 끄트머리에 앉은 엄마의 얼굴에 아쉬움이 역력해 이불을 머리끝까지 뒤집어쓰고 시름시름 앓는다.

"아픈 애한테 자꾸 말 시키지 말고 어서 나와. 필승아, 조금 늦을 텐데 많이 아프면 아빠한테 전화해라. 누나라도 먼저 보낼 테니까."

"응."

아빠에게 힘겨운 대답소리를 들려주고 방문이 닫힐 때까지 조금 더 끙끙 앓아댄다. 아직 미열이 남아 있기도 하고 오래 누워 있기만 했더니 온몸에 근육이 다 빠진 느낌이라 환자 행세가 완전히 거짓인 건 아니다.

현관문이 쿵 닫힌다. 또각또각 누나와 엄마의 구두 굽 소리가 멀어진다. 하나뿐인 아들이 처음으로 몸져누운 덕에 엄마는 뱀파이어 퇴짜사건의 후유증에서 빨리 회복될 수 있었다. 모진 시련의 특효약은 또 다른 일에 열중하는 것인가 보다.

몸을 일으켜본다. 하도 누워만 있었더니 머리가 핑 돈다. 의자에 걸쳐놓은 후드잠바를 입고 누나의 방문을 연다. 깨끗이 완벽하게 정돈된 방. 역시 세상은 불공평하다. 텔레비전에서 보면 여자들 방이 남자들 방보다 더 더럽다고 하던데, 누나의 방은 모델하우스처럼 모든 것이 반듯반듯하다. 전신거울 앞에 서본다. 일주일간 제대로 먹지도 씻지도 못한 몰골을 확인하기 위하여. 역시 완벽하다. 눈이 움푹 패여 퀭해 보이지만 그 모습마저 잘 어울리는데 어떡하라고. 얼굴 살이 빠지니 좀 더 남자다워진 거 같다. 지독한 몸살을 앓고 난 뒤에도 이런데 어떻게 세상이 공평하다고 말할 수 있을까. 누나의 방문을 닫고 나온다. 누나가 없을 때 누나의 방문을 여는 건 금지되어 있지만 전신거울 때문에 어쩔 수 없다. 대신 한 번도 들키지 않았으니 그걸로 괜찮다고 생각한다. 어떻게 한 집에 살면서 방문 한 번 안 열어볼 수가 있겠는가. 누나는 노크도 않고 내 방문을 제 방문 열듯 하면서.

입맛이 없지만 약을 먹어야 해서 엄마가 끓여놓은 죽 그릇 앞에 앉는다. 정말 입맛이 없는데 전복이 고소해서 한 그릇을 싹 비웠다. 배가 부르면 눕고 싶은데 오늘은 일어나 좀 돌아다니고 싶은 걸 보니 몸살 기운이 슬슬 물러나려는가 보다.

무심결에 후드잠바 주머니에 넣은 손이 차갑고 딱딱한 쇳덩이와 부딪힌다.

열쇠다.

까맣게 잊고 지냈다. 새빨간 피에 물들어져 있던 열쇠를 물에 씻어 후드잠바의 주머니에 넣어놨었다. 열쇠를 보니 몸살 덕에 잊고 지냈던 지난 주말의 일들이 선명하게 떠오른다. 아줌마는 어떻게 되었을까. 아빠에게 물어보고 싶지만 차마 입이 떨어지지 않는다. 한참을 망설인 끝에 현관으로 가 신발을 신는다. 세수도 채 못했지만 상관없다. 난 여전히 빛날 테니까.

일주일 만에 명수에게 전화를 건다.

— 나올래?

— 그래. 어디로?

— 미용실 앞으로 와.

— 뭐? 거길 왜 또!

— 확인할 게 있어.

— 안 무섭냐?

— 무섭긴.

명수도 일주일이 어떻게 흘러갔는지 모르게 정신없이 지냈다고 한다. 별일이 있었던 건 아닌데 지난 주말의 악몽을 떨쳐내느라 본

능적으로 몸이 바빴던 걸 거라고 했다. 내가 아팠던 이유도 아마 그 때문일 거라고. 명수는 늘 옳은 말만 한다. 귓등으로 듣고 치우긴 하지만 돌아서면 잠언 한 구절을 읽은 것 같은 기분이 든다.

반쯤 기울어진 가로수가 꼭 머리 푼 여자의 뒷모습 같아 등골이 오싹하다. 미용실이 컴컴한 거 보니 아줌마는 아직 돌아오시지 않은 모양이다. 혹은 지난번처럼 몰래 숨어 팡파르를 준비하고 있거나. 먼저 문을 열어볼까 하다 명수가 올 때까지 기다리기로 한다. 안 무섭다고 자신 있게 말은 했지만 실은 조금 무섭다. 겨우 가신 피 비린내가 또 올라오려는 것 같다. 대체 나는 여기에 왜 또 온 걸까. 이깟 열쇠, 쓰레기통에 던져버리면 그만인 것을. 미용실에서 멀찍이 떨어져 명수를 기다리기로 한다. 냄새에 이끌려 발걸음을 멈춘 곳은 하필 분식집 앞이다. 노랗게 잘 튀겨진 튀김과 통통한 순대를 도저히 모른 척할 수가 없다. 나는 그간 너무 아팠고 보신이 필요한 상태다. 전복도 좋고 죽도 좋지만 열아홉 한창 자랄 나이엔 튀김과 순대만큼 좋은 것도 없으니까. 명수의 것까지 2인분 주문한다. 아주 자리를 잡고 먹을까 하다 명수가 지나가는 걸 놓치면 안 되니까 분식집 입구에 서서 먹기로 한다.

전봇대?

입을 크게 벌리고 갓 튀겨 나온 오징어튀김을 입으로 반쯤 밀어 넣었을 때 분식집에 달린 거울로 전봇대가 보였다. 진짜 전봇대 뒤에 몸을 감추고 오징어튀김을 밀어 넣고 있는 장필승을 훔쳐보는 전봇대. 그래, 그 정도면 참 오래도 참았다. 나 장필승이 그리 쉽게 잊힐 인물이 아니지. 몸살 때문에 일주일 동안 바깥출입을 못했으니 내가 무지도 그리웠을 거다. 오늘만 봐주겠어. 전봇대를 못 본 척하며 내 몫의 튀김과 순대를 먹어치운다. 애써 멋있게 먹는 척 할 필요 없다. 게걸스럽게 먹어도 난 빛이 날 테니까.

"치사하게 혼자 먹기냐?"

명수가 입술을 씰룩이며 옆에 와 선다.

"네 것까지 미리 시킨 거거든?"

접시를 쭉 훑은 명수가 고개를 절레절레 흔든다.

"센스하고는. 이래서 세상은 공평하단 거야. 튀김순대에 떡볶이가 빠지면 쓰나. 아저씨, 여기 떡볶이 추가요."

명수가 소매를 걷어붙이고 포크를 집어 든다. 아저씨가 새빨간 양념이 묻은 떡볶이를 내어온다. 기껏 가라앉혀놓은 피비린내가 또 올라온다. 떡볶이를 보면 유리병에 가득 들어 있던 피 생각이 날 것 같아 부러 주문하지 않은 거다. 명수는 것도 모르고 맛있게도 떡볶이를 먹어치운다. 얄밉게.

"그날, 바닥에 흥건히 쏟아져 있던 피 생각 안 나냐?"

명수의 코앞에 떡볶이 접시를 갖다 대며 나지막한 음성으로 명수를 골린다.

"아, 정말! 밥맛 떨어지게!"

명수가 헛구역질을 하며 포크를 내려놓는다. 개업한 지 얼마 되지 않았다는 주인아저씨는 음식을 남긴 접시를 보며 울상을 짓는다. 속이 안 좋아서 그런 거라고 변명을 해보았지만 아저씨의 표정은 풀리지 않았다.

미용실에 가기 전 전봇대를 떼어내기로 한다. 우리가 주인도 없는 미용실에 들락거리는 걸 보면 괜한 오해를 살 수도 있으니까. 전봇대는 결코 만만한 상대가 아니다. 집 앞까지 쫓아오질 않나, 아빠를 따로 만나지 않나. 절대 허점을 보여선 안 된다. 한 가지 걸리는 일이 있다면 지난 주말 검은 양복의 경찰들 뒤로 전봇대의 얼굴을 본 것 같다는 거다. 그날도 오늘처럼 숨어서 모든 걸 지켜보고 있었다면 그날의 일을 처음부터 끝까지 목격했을 텐데. 더 이상 전봇대와 얽히면 안 되겠다는 생각에 틈도 주지 않고 뒤로 홱 돌아본다. 저번처럼 빤히 쳐다봐 얼굴이 붉게 달아오르게 만드는 작전으로 전봇대를 쫓아낼 심상이다.

"너 뭐하냐?"

명수가 어리둥절한 표정으로 뒤돌아선 나를 쳐다본다.

어? 전봇대가 사라졌다. 여기 어디쯤 있어야 하는데. 너무 평범한 얼굴은 이게 문제다. 어디든 숨어버리면 당최 찾을 길이 없으니. 가까이 있는 전봇대와 자동차 뒤를 샅샅이 뒤져보지만 전봇대는 보이지 않는다.

"뭘 찾는 거야?"

명수가 한 번 더 되묻는다. 아무래도 전봇대가 오늘의 미행을 끝낸 거 같다. 전봇대도 일상이 있고 종일 나만 따라다닐 순 없으니까. 그래도 그렇지! 하루 종일 들여다보아도 지겹지 않을 장필승이 눈앞에 있는데 뒤쫓아 다니는 걸 이리도 빨리 끝내다니. 전봇대, 만만치 않은 여자군. 미용실로 걸어가며 명수에게 전봇대 이야길 한다. 명수도 전봇대는 조심하는 게 좋을 거 같다고 충고한다. 아무래도 내게 집착하는 거 같단다. 이래서 너무 잘나면 피곤한 일도 배로 많아진다니까.

미용실은 잠겨 있지 않다. 조금 어둑하지만 따로 불은 켜지 않기로 한다. 아줌마가 돌아온 줄 알고 손님이 들이닥치면 곤란하니까. 유리문 사이로 비집고 들어오는 햇빛에 의지해 조심스레 내부를 살핀다.

"이것 봐."

"무슨 열쇠야?"

"그때 아줌마가 이 열쇠를 내 손에 몰래 쥐어줬거든. 이 열쇠에 맞는 구멍을 찾아야 해."

"그걸 너한테? 왜?"

"나도 그게 궁금해서 여기에 다시 온 거야."

"경찰서에 갖다 줘야 하는 거 아니야? 그 아줌마 사기꾼이라며. 괜히 이상한 물건에 손댔다가 너까지 잘못되면 어떡해. 공범으로 몰리면?"

명수의 말에 덜컥 겁이 나 잠시 발걸음을 멈춘다.

"그런가?"

명수가 고개를 크게 끄덕인다. 그런데 난 왜 이 열쇠를 포기 못하겠는지 모르겠다. 어른들에게 열쇠를 맡기는 게 최선의 방법이란 걸 알지만 열쇠를 선뜻 건넬 수가 없다. 이 열쇠가 나를 어느 곳으로 데려가줄지 궁금하다 못해 기대까지 하게 된다. 대체 나는 무엇을 바라고 있기에 이 열쇠를 놓지 못하는 걸까. 설마 뱀파이어에 미련이 남은 것은 아닐 테지. 제발 그것만은 아니었으면 좋겠다. 나도 나를 막고 싶다. 열쇠로 열지 말라고, 그냥 먼 곳에 내다 던져버리고 지금까지처럼 불공평한 세상에서 잘 살아보자고. 그런데 나는 열쇠에 맞는 구멍을 맹렬히 찾고 있는 나를 막을 수가 없다.

"이거 그날 우릴 찍었던 그 카메라 맞지?"

소파 뒤에 떨어져 있던 낡고 까만 카메라를 끄집어낸다. 애란엄마가 목에 걸고 있던 그 카메라다. 카메라 필름 안에 우리 가족의 얼굴이 선명하게 찍혀 있을 것이다. 이 미용실에 우리 가족의 흔적을 남기고 싶지 않다. 그리고 이 카메라로 어떤 사진들을 찍었는지 확인해볼 필요가 있을 것 같다. 필름만 뺄 수 있다면 좋겠는데 필름 카메라는 만져본 적이 없어 불가피하게 카메라째로 들고 가기로 한다. 사진관에 맡긴 뒤 다시 제자리에 돌려놓으면 되니까.

"어? 이거 아니야?"

명수가 커다란 철제박스를 밀면서 나온다.

"그건……."

바닥에 쓰러져 있는 철제박스와 비슷하다. 명수가 바닥에 남겨진 핏자국과 박스를 번갈아 쳐다보더니 철제박스에서 황급히 손을 뗀다.

"열지 말자! 보나마나 뻔해!"

명수가 발로 박스를 툭 밀어버린다. 박스가 기우뚱 쓰러지려 한다.

"안 돼! 그러지 마!"

제정신인 거야? 저 귀한 걸 감히 발로 찬 거야? 그 더러운 발로? 명수를 밀치고 박스로 뛰어간다. 명수가 그랬던 것처럼 명수를 발로 차버릴까 하다 기우뚱거리는 박스에 맘이 급해 손으로 밀쳐내는 자비를 베푼다. 친구라는 녀석이 어떻게 나한테 그럴 수가…….

지금 내가 뭘 한 거지?

무슨 생각을 한 거지?

명수!!!

끔찍하다. 명수는 피가 흥건했던 바닥 위에 손을 짚고 쓰러져 있고 나는 박스를 부여안고 있다.

"미안, 미안, 미안. 내가 대체 무슨 짓을……. 미안."

이깟 박스 때문에 명수를 밀치다니. 대체 내가 무슨 짓을 한 거야. 박스를 등지고 서서 손을 내밀어 명수를 일으킨다. 놀란 얼굴의 명수를 보니 더욱 미안해진다. 좀 전의 내가 너무 원망스럽다. 나도 잘 모르겠다. 내가 무엇 때문에 저 박스를 향해 내달렸는지. 설마 헛구역질 나게 만드는 피 때문은 아니었겠지.

"그만 나가자. 이건 아닌 거 같아."

명수가 내 등을 떠민다.

"잠깐만. 잠깐만."

주머니에 손을 넣어 열쇠를 만지작거린다. 차갑고 딱딱한 쇳덩이를 감싸 쥔다. 이대로 끝낼 순 없다. 박스를 열어야 한다. 내 몸이 원한다. 명수의 만류에도 단호하게 돌아선다. 더 망설이면 영원히 저 박스를 열 수 없을지도 모른다. 열쇠구멍에 열쇠를 넣는다. 철컥. 박스가 열렸다.

"이것 좀 도와줄래?"

녹이 잔뜩 슨 박스의 뚜껑이 쉽사리 열리지 않아 명수에게 도움을 청한다. 아빠는 단번에 열던데. 역시 아빠를 따라잡으려면 난 아직 멀었나 보다. 부지런히 커야지. 명수는 한숨을 푹 쉬더니 털레털레 걸어온다.

"고맙다, 친구. 내가 나가서 떡볶이 쏠게!"

"됐거든!"

명수가 피식 웃는다. 모르겠다. 내가 왜 이러는지. 기꺼이 도와주는 명수를 위해서라도 아줌마가 내게 열쇠를 남긴 이유만 알아내고 과감히 돌아서야겠다. 여기 더 있다간 큰일이 날 것 같은 나쁜 예감이 든다.

둘이서 낑낑대며 힘겹게 박스 뚜껑을 연다. 하얀 연기가 뭉글뭉글 피어오른다. 순식간에 눈앞이 흐려진다. 미용실 안이 하얀 연기로 가득 찼다. 한번 겪어봤던 일이라 당황하지 않는다. 연기가 전혀 메케하지 않다는 것도 알고 있다. 지레 겁먹어 눈을 질끈 감을 필요도 숨을 참을 필요도 없다. 오늘은 초도 없어 앞이 더 흐릿하다. 어쩔 수 없이 휴대전화의 플래시 기능을 켜고 박스 안을 비춘다. 흰 연기 사이로 새빨간 피가 가득 든 유리병이 보인다. 새하얀 우유가 들어 있어야 어울릴 법한 예쁜 유리병이다. 병뚜껑에 물방울무늬의 보라색 리본이 귀엽게 매어져 있다.

"이게 뭐야. 유치하게."

명수의 비아냥거림에도 아랑곳 않고 입맛을 다신다. 자꾸만 침을 꿀떡꿀떡 삼키게 된다. 왜 이러지.

"내 대신 여기 좀 비춰봐."

명수에게 휴대전화를 넘긴다.

"꺼내게?"

"어."

"뭐하려고. 하지 마."

명수가 내 어깨를 꽉 잡는다.

"뭐하긴. 마셔야지."

기분이 좋다. 명수를 보고 환하게 웃은 뒤 박스 안으로 달려든다. 유리병이 다섯 개나 된다. 보기만 해도 배가 부르다.

"너 뭐하는 거야!"

"목말라."

명수가 왜 이리 호들갑인지 모르겠다. 갈증이 나서 목을 좀 축이겠다는데. 명수가 내 어깨를 잡고 놓아주질 않는 통에 유리병에 손이 닿질 않는다. 어쩔 수 없다. 미안하지만 한 번 더 명수를 밀쳐내는 수밖에.

따뜻한 유리병을 손에 쥔다. 예쁜 리본을 떼어내기가 아까워 몇 번을 망설였지만 더는 참을 수 없다. 목이 마르니까. 뚜껑을 열자 뽕 아기 방귀 같은 소리가 울려 풋 웃음이 터진다. 숨 쉴 틈도 없이 한 병을 단번에 마셨다. 그래, 이 맛이다. 그리웠다. 열이 펄펄 끓는 동안 꿈속에서 얼마나 이 유리병을 찾아 헤매고 다녔던가. 깨끗하게 비운 유리병을 내려놓고 철제박스 속에 손을 집어넣는다. 아직 네 병이나 남았단 사실에 든든해진다. 아줌마 말이 다 맞았다. 이게 마지막 기회일지도 모른다. 내 평생 언제 이렇게 맘 놓고 피를 마셔보겠는가. 누나가 원망스럽고 아빠가 미워진다. 아까운 피를 다 버렸으니. 무려 네 병이었다. 할 수만 있다면 다시 주워 담고 싶은 심정이다. 아줌마가 왜 바닥에 쏟아진 피를 왜 그렇게까지 쓸어 모았는지 이제야 이해가 된다. 어디에 숨겨진 피가 더 있을까? 어느

새 다섯 개의 유리병을 다 비워버렸다. 거울 속에 비친 내 입술이 피처럼 새빨갛다. 입술에 생기가 도니 더 멋지잖아. 이래서 세상은 불공평한 거야.

부족하다. 입맛을 다신다. 피를 마시면 마실수록 갈증이 파도처럼 끊임없이 밀려온다. 남은 피가 없는데 어쩌라는 거야.

"장필승, 정신 차려! 너 대체 왜 이러는 거야!"

명수가 거칠게 내 몸을 흔들어대서 머리가 어지럽다. 속이 울렁거린다. 이러다 기껏 마신 피가 도로 올라오겠어. 아, 그렇지. 명수 몸에도 피가 흐르지. 조금이야. 해칠 생각은 없어. 친구 좋다는 게 뭐야. 아주 조금만. 갈증을 달랠 만큼만. 명수는 내가 유일하게 친구라 부를 수 있는 녀석이니까. 정말 조금만이야. 명수의 목덜미를 덥석 잡아챘다. 조금 아플지도 몰라. 하지만 난 너무 목이 말라. 미안하다, 친구야.

"그만둬!!!"

눈이 부시다. 벌컥 열린 문 사이로 노란 햇빛이 흩뿌려진다. 희뿌연 연기 사이로 전봇대의 얼굴이 보인다.

"또 너냐……."

전봇대를 보자 갈증이 절로 없어진다. 입맛이 뚝 떨어진다. 명수의 목덜미에서 손을 뗀다. 갑자기 헛구역질이 올라온다. 속이 메슥거린다. 피비린내가 입속에서 진동한다. 명수가 앉은 채로 뒷걸음친다. 명수의 얼굴에 핏기가 가신다. 하얗게 질린 얼굴로 내게서 도망친다.

명수를 보자 정신이 번쩍 든다. 내가 또 무슨 짓을 한 거야. 죄책감에 털썩 무릎을 꿇고 앉는다.

"마셔."

전봇대가 1.5리터 생수 한 병을 건넨다.

"남기지 말고 다 마셔야 해."

처음 커피를 마셨던 날 형이 그랬던 것처럼 전봇대가 건넨 물을 한 방울도 남기지 않고 모두 마신다.

"조금 있으면 화장실에 무지 가고 싶을 거야. 내 앞이라고 애써 참을 필요 없어. 신호가 오면 바로 화장실로 튀어가."

전봇대가 화장실을 가리키며 거침없이 말한다. 어떻게 내 앞에서 수줍은 기색도 없이 화장실 얘길 꺼낼 수 있지. 아빠랑 둘이 만나 이야기할 때부터 알아봤어야 했다. 전봇대는 여느 여자애들과 다르다. 장필승과 대화씩이나 나누면서 어찌 저리도 데면데면할 수 있는지. 하도 많이 따라다녀서 이젠 친구처럼 느껴지는 거야 뭐야.

"고맙다."

어쨌거나 전봇대가 아니었으면 상상하기도 싫은 일을 저지를 뻔했으니 인사는 하기로 한다.

"나한테 하나 빚진 거야. 꼭 갚아."

더 이상 말을 섞으면 신비감이 사라질 것 같아 고개를 끄덕이는 것으로 대답을 대신한다. 전봇대는 명수에게도 물 한 병을 건넸다.

물병을 열 힘조차 남아 있지 않은지 허공에 헛손질만 하고 있다. 미안한 마음에 대신 열어주려 손을 뻗지만 명수가 화들짝 놀라 손을 거둔다.

"미, 미안……."

사과할 사람은 난데 명수가 되레 미안해한다. 명수를 볼 면목이 없다. 미안하다는 말도 더는 할 수가 없다.

앞으로도 명수와 계속 친구로 지낼 수 있을까. 그런 짓을 저지르기까지 했는데. 근데 대체 내가 왜 그랬을까. 차라리 기억나지 않는다면 좋겠는데. 무의식이 저지른 짓이라면 영문을 모르겠다고 잡아떼기라도 하지 처음부터 끝까지 모조리 기억이 난다. 피를 보자마자 흥분했고 단숨에 다섯 병이나 마셨다. 것도 모자라 명수의 목덜미를 물 생각까지 했다. 아줌마의 말처럼 정말 뱀파이어가 되어버린 건가. 세상에 뱀파이어가 진짜 있다는 건가.

설마, 내가 뱀파이어가 되었단 말이야?

전봇대가 어디까지 알고 있는 건지 좀처럼 감을 잡을 수 없다. 모든 걸 다 안다는 얼굴로 나를 빤히 쳐다보기는 하지만.

"일단 넌 먼저 돌아가는 게 좋겠어. 공부도 되지 않을 거니까 괜히 공부한답시고 독서실에 가지 말고 집에서 푹 쉬어. 그래야 내일부터 공부를 하지. 우린 고3이잖아."

전봇대가 명수의 어깨를 토닥인다. 명수가 고3인 것까지 알고 있다. 명수가 내 친구라는 것까지 다 알고 있는 거다. 대체 날 얼마나 따라다닌 거지. 명수가 자리에서 일어난다.

"연락할게."

고맙게도 명수가 먼저 인사를 해준다. 차마 대답조차 할 수 없는 나는 작게 고개만 끄덕인다. 구차한 변명일진 모르겠으나 난 정말 목이 말랐다고, 온전히 내 정신이긴 했지만 그 순간엔 정말 너의 피를 마시지 않으면 죽을 것 같았다고 사과하고 싶다. 그럴 기회가 올진 모르겠지만. 문밖을 나서는 명수의 뒷모습을 보는 게 마지막일 것만 같아 힘이 주룩 빠진다.

"아무래도 나……, 뱀파이어가 된 것 같아."

미쳤지. 내가 전봇대에다 대고 대체 무슨 소릴 지껄이는 거야.

"피를 보면 기분이 묘해져."

전봇대에게 할 소리가 있고 못할 소리가 있지. 앞뒤 사정을 알 리 없는 전봇대는 분명 내가 미쳤다고 생각할 거다. 날 좋아하는 것도 관둘지 몰라.

"그래. 그런 거 같네."

전봇대가 심드렁하게 대답한다. 뭐지, 이 반응은. 내가 무엇이어도 상관없을 만큼 나에게 깊이 빠져버린 건가.

"내가 널 물지도 몰라."

"그래주면 고맙고."

고개를 삐딱하게 젖힌 전봇대가 하얀 목덜미를 내보인다. 전봇대는 정말로 내가 좋아죽겠나 보다. 뱀파이어가 된 나에게 기꺼이 목덜미까지 내어주는 걸 보니. 졸졸 쫓아다닐 때부터 알아봤다. 말투가 꽤 퉁명스럽긴 하지만 그건 성격이니까. 아무리 내가 좋아죽어도 성격까진 바꾸기 힘들 테니까.

"미안한데 네 피는 별로 안 당긴다."

"너 그러다 감옥 간다. 참아. 참을 수 있을 때까지만 참지 말고 참을 수 없어도 참아. 마실 게 지천에 널렸잖아. 편의점에 가봐. 냉장고에 죄다 마실 거 아니야."

"너는 내가 안 무섭냐?"

"우습지."

"좋은 게 아니라?"

"좋긴. 개뿔."

"개뿔?"

"착각은 자유지."

"그럼 왜 날 따라다닌 거야."

"착각은 자유라니까?"

"언제고 내가 널 물지도 몰라."

"그랬단 봐. 경찰을 부를 테니까."

전봇대의 표정이 너무 살벌해서 민망하다 못해 섬뜩해진다. 손만 까딱해도 바로 112에 신고할 태세다. 저런 게 과연 좋아하는 남자를 대하는 열아홉 여학생의 보편적인 태도인가. 설마 나 혼자 착각하고 있었던 건 아니겠지. 그런 거라면 진짜 쪽팔리는데.

"아까처럼 내 자신이 통제가 안 되면 어쩌지?"

재빨리 화제를 전환한다. 전봇대의 속마음 캐내기는 일단 보류. 장필승의 자존심을 위하여.

"너는 네가 정말 뱀파이어가 됐다고 생각해?"

"피가 당겼으니까."

"지금은 아니잖아."

"목이 타서 죽을 것 같았는데 네가 산통을 깨버렸어."

"그래서 억울해? 뭐, 내 피라도 줘? 자, 마셔."

전봇대가 목덜미를 들이민다.

"네 피는 마시기 싫어."

"남녀차별 하냐? 아까 네 친구한텐 득달같이 달려들더니."

"싫다, 뱀파이어."

"왜 네가 뱀파이어가 됐다고 생각해?"

"너도 아까 봤잖아."

"그냥 잠시 정신이 나간 걸 거야. 목도 마르고 배도 고파서."

"또 갈증이 나면 어쩌지? 배가 고프면?"

"튀김이랑 순대를 먹어. 아까 보니 접시까지 씹어 먹을 듯 하드만."

"봐봐. 너 나 따라다닌 거 맞잖아."

"착각은 자유지."

엉망진창이 된 미용실 한쪽 벽에 전봇대와 나란히 기대어 앉는다. 어쩌면 아직 꿈을 꾸는 중일 거라고, 열이 펄펄 끓어 제정신이 아닐 거라고, 눈을 뜨면 내 방 침대 위에 누워 이불을 덮고 있을 거라고, 내가 너무 아팠던 걸 거라고, 그렇게 믿고 싶다.

박순분 헤어살롱을 나서기가 두렵다. 밖에 돌아다니는 사람들을 언제고 갈증해소 용도로 이용할 수 있는 내 자신이 역겹다. 아줌마는 우리 가족을 설득할 때 단 한 번도 이런 부작용에 대해 설명해준 적이 없었다. 뱀파이어로 만들어주겠다던 아줌마의 말은 사실이었지만 경찰의 말대로 아줌마는 사기꾼이 맞는 셈이다. 또 다른 속셈이 있을 것 같은 나쁜 예감이 든다.

"여기 계속 있을 거야?"

전봇대는 사뭇 신경질적이다. 전봇대같이 생긴 게 정말 성격도 전봇대 같네. 나랑 있는 게 쑥스러워 부러 저러는 건지, 정말로 나를 좋아하지 않아 저러는 건지 잘 모르겠다. 어떻게 장필승을 좋아하지 않고 버틸 수 있는지에 관해서는 너그럽게 이해하기로 한다. 모두에게 각자의 취향이란 게 있는 거니까.

"못 나가겠어."

"그럼 여기서 살 거야?"

"사람들을 물어버리면 어떡해."

"날 물어봐."

전봇대가 또 목덜미를 들이민다. 아무것도 모르면서 겁도 없이 내 앞에 목덜미를 내밀다니. 전봇대는 죽었다 깨어나도 못 믿겠지만 나는 정말로 뱀파이어가 되었다. 다른 사람은 몰라도 나는 안다. 이전과 다른 피가 몸속에 흐른다. 소름 끼치게 차가운 피가.

"못 하겠어."

"거 봐. 넌 못 해."

"못 하는 게 아니라 안 하는 거야. 너도 아까 봤잖아. 내가 명수를 물려고 했던 거."

"아까는 아까고."

"너 그러다 내가 진짜 콱 물어버리면 어쩌려고 그러냐? 세상에 믿지 못할 일은 없다고 누가 그러더라."

"난 갈 거야."

전봇대가 바지를 탈탈 털며 일어선다.

"어딜?"

"어디긴 어디야. 우리 집이지."

"그럼 난!"

"다섯 살 꼬맹이도 아니고 내가 일일이 쫓아다니며 챙겨줘야 하니?"

머쓱해져 전봇대를 따라 일어선다. 피투성이인 곳에 홀로 남고 싶지 않다. 혓바닥으로 바닥에 말라붙은 피를 핥아 먹는 내 모습이 자꾸만 떠오른다. 잊을 수 있다면 잊고 싶다. 없었던 일로 할 수 있다면 없애고 싶다. 시간을 되돌릴 수 있다면 영혼이라도 팔고 싶다.

"너도 가게?"

"혼자 있으면 뭐해."

"그래. 잘 가."

전봇대는 뒤도 돌아보지 않고 쌩하니 헤어살롱을 빠져나간다. 내 전화번호도 묻지 않고 돌아서는 너의 패기에 박수를 보낸다!

앗, 지금 박수나 치고 있을 때가 아니다. 이 무시무시한 공간에 혼자 남을 수 없지. 장필승이 보기보다 겁이 많다는 건 영원히 비밀로 하려 했는데.

황급히 전봇대를 따라 나선다. 전봇대가 멀어질수록 마음이 급해진다. 하마터면 카메라를 놓고 갈 뻔했다. 주머니의 열쇠를 소파 위로 휙 던지고 카메라만 챙겨 들었다.

힘차게 한 걸음씩 옮길 때마다 무거운 마음을 억지로 한 움큼씩 떨쳐낸다. 길에 사람이 별로 없어 다행이다. 간간이 사람과 마주칠 때면 힘찬 발걸음을 잠시 멈추고 고개를 숙인다. 주먹에 힘을 꽉 주고 서서 혹시 모를 사태를 미연에 방지하려 노력한다. 앞으로 평생 이렇게 살아야겠지. 뱀파이어가 되었으니까. 어쩌면 전봇대의 말처럼 뱀파이어가 된 게 아니라 헤어살롱에서 겪었던 일들이 내가 감당하기엔 너무 벅차서 잠깐 정신이 나갔던 것일지도 모른다. 차라리 그랬으면 좋겠다. 그럴 리는 없겠지만. 어쨌건 조심해야 한다. 명수를 죽일 뻔했으니까. 누군가를 정말로 죽이게 될지도 모른다. 나는 그만큼 위험한 인물이다.

"걱정했잖아! 그 몸을 하고 어딜 갔다 온 거야?"

누나가 현관 앞을 지키고 섰다. 곤란하다. 누나를 물지도 모른다는 걱정이 앞선다.

"바람 쐬러."

내가 언제 돌변할지 모른다는 불안감에 몸이 발발 떨린다. 누나를 쳐다보지도 않으려 노력하며 신발을 벗자마자 방으로 직행한다.

"진짜 괜찮은 거야?"

누나가 새끼오리처럼 뒤를 졸졸 따라온다.

"괜찮다니까!"

방문을 쾅 닫고 들어간다. 이불을 머리끝까지 덮어 몸을 숨긴다.

"이게 누나한테! 걱정돼서 뷔페도 안 먹고 일찍 왔더니."

누나가 기어코 방문을 열고 따라 들어온다. 이불을 홱 젖히고 차가운 손바닥을 내 이마에 올린다.

"뭐야. 열이 다 내렸네. 그럼 그렇지. 좀 살 만하니깐 나돌아 다닌 거구나? 괜히 걱정했네. 에이, 밥이나 먹고 올걸."

누나가 손바닥을 바지에 문지른다. 누나가 사라질 때까지 숨을 꾹 참는다. 빨리 방에서 좀 나가줬으면 좋겠다. 하나뿐인 동생이 숨막혀 죽는 꼴을 보지 않으려면.

숨을 참으면 사람을 물고 싶은 유혹을 참을 수 있을 거 같아서 집에 오는 동안에도 가까이에 사람이 지나가면 숨을 참았다. 사람을 볼 때마다 피를 마시고 싶은 마음이 울컥울컥 올라오기 때문이 아니다. 이상하게 사람을 봐도 별로 흥분되지 않았다. 헤어살롱에서처럼 갈증이 일지도 않았다. 그렇다고 해서 안심할 순 없다. 사고는 방심할 때 일어나는 법이니까. 나는 오늘 충분한 양의 피를 마셨다. 지금 내가 얌전한 건 그래서일지도 모른다. 내일이 되면 또 정신이 회까닥 돌지도 모른다. 뱀파이어에서 해방되는 방법이 있을까? 아줌마라면 다시 보통 사람으로 돌아갈 수 있는 방법을 알고 있을지도 모른다. 설사 아줌마가 그 방법을 알고 있다 하더라도 나에겐 알려줄 것 같진 않지만. 게다가 아줌마를 만나려면 경찰서로 가야 하고, 경찰서에서 아줌마가 내게 친한 척하는 꼴은 또 못 보겠으니, 아줌마를 만나야겠다는 생각은 이쯤에서 그만두기로 한다. 경찰이 십 초만 늦게 들이닥쳤더라면 우리 가족은 몽땅 그 끔찍스러운 피를 마셨을 것이다. 그 후의 상황은 상상하기도 싫다. 위험 속에 우리 가족을 집어넣으려 했던 아줌마를 절대 용서할 수 없을 거 같다. 당분간은 아빠 엄마 누나와 마주치지 말아야 한다. 다시 평범한 인간으로 돌아갈 때까진. 평생 이불 속에 숨어 지낼 순 없다. 분명 방법이 있을 것이다. 굳이 아줌마의 도움을 받지 않더라도 나 혼자 해결할 수 있을 것이다. 나는 장필승이니까. 세상은 불공평하고, 나는 남들이 세상은 불공평하다 느끼게 만드는 장본인이니까. 나는 완벽한 인간이니까.

불공평한 세상에서 십구 년 잘 살았소이다

집중을 할 수 없다. 반장은 또 왜 이리 자주 찾는 건지. 담임은 내가 긴 결석을 끝내고 돌아오자 쉬는 시간마다 호출을 했다. 반장, 수학시간은 어땠니. 반장, 영어단어는 잘 외우고 있지. 반장, 체육시간에 또 운동장 나갔다며. 망할 체육선생은 자습이나 시킬 것이지. 반장, 반장, 반장! 미쳐버리겠네, 정말! 안 그래도 수업시간에 집중을 못하겠는데 쉬는 시간마다 담임 찾아다니느라 몸이 녹초가 되었다. 목이 말라 죽을 것 같아도 내 담임 피는 마시나 봐라! 밥맛이, 아니 피맛이 뚝 떨어질 거 같다!

내 성적의 비결은 집중이다. 어릴 적부터 누나와 내게 전해지는 편지를 긍정적인 얼굴값이라는 명목하에 하나도 빠짐없이 읽어내다 보니 절로 집중력이 향상됐다. 내가 읽은 편지들로 책을 엮으면 웬만한 세계문학전집에 버금갈 텐데. 그런데 지금 그 집중력에 문제가 발생한 거다. 언제 돌변할지 모르는 내 속에 집중하다 보니 수업을 제대로 들을 수가 없다. 책을 봐도 글자가 눈에 들어오지 않고 반장을 부르는 소리도 한 번에 듣지 못했다. 또 돌변할까 자주 숨을 참았더니 머리가 자꾸 어지러웠다. 또 갈증이 날까 자주 물을 마셨더니 자꾸 화장실을 들락거려야 했다. 내가 평소 같지 않아서일까. 반 아이들이 자주 웅성댔다. 열아홉, 쉽게 흔들리는 나이다. 반장인 내가 흔들리자 아이들도 덩달아 거센 파도 위의 배에 타고 있는 것처럼 안절부절못했다. 어수선한 분위기를 눈치챈 선생님들은 더 자주 반장을 찾았고 그럴 때마다 나는 인내심을 시험하며 주먹을 쥐었다 폈다 했다.

참아야 하느니라.

참아야 하느니라.

내 속이 시끄러운 것만 제외하면 평화로운 날들이 이어지고 있다. 우리 가족은 다시 제자리로 돌아왔고 명수는 연락이 뜸해졌지만 이해한다는 문자메시지를 보내왔고 아줌마와는 다시 마주칠 일이 없었다. 파란 코끼리 문은 여전히 닫혀 있지만 새해가 되기 전엔 돌아올 테니까 그걸로 됐다. 그날의 일이 꿈이었나 싶게 사람들을 보아도 아무런 동요가 일지 않는다. 우려했던 것처럼 침을 꿀떡 삼킨다거나 입맛을 다시며 목덜미를 낚아채지 않았다. 문제는 안심할 수가 없다는 거다. 내가 나를 믿을 수 없다. 피에 이끌려 음료

수처럼 피를 마시던 그날의 내 모습이 뇌리에 강하게 박혀 있다. 명수의 피를 조금만 마시겠다고 스스로를 설득하던 내 음성이 귓전에 맴돈다. 살얼음판 위에 서 있는 기분이다. 학교에 친구라 부를 만한 녀석이 없어서 얼마나 다행인지 모른다. 혹시라도 졸업 전에 장필승과 친구가 되고 말겠다는 용기를 품은 녀석이 있다면 그 마음 고이 가지고 있다가 내가 뱀파이어에서 해방되었을 때 찾아와 주면 고맙겠다. 난 딱히 친구가 되고 싶다는 녀석을 밀어낼 마음은 없다. 나도 명수 같은 친구가 몇 명 더 있었으면 좋겠으니까. 같이 급식을 먹고 같이 매점도 가고 같이 담임 욕도 하고. 가끔, 아주 가끔이지만 무리지어 떠들고 웃는 평범한 녀석들 속에 파묻힐 수 있다면 이 우월한 외모를 버릴 수도 있을 텐데라는 생각을 해본 적이 있다. 특히 낙엽이 떨어질 때면 참을 수 없이 외로워지는데 그건 아마도 내가 남자이기 때문일 거다. 가을은 남자의 계절이라니까.

"반장. 담임이 부르는데."

또. 또. 또. 한 시간 전에 불러놓고 또 왜. 한 시간 전엔 별로 좋아하지도 않는 시루떡을 줬다. 것도 담임이 한 입 베어 먹고 남은 시루떡을. 1반 반장 엄마가 교무실에 떡을 돌렸단다. 지난 모의고사에서 1반 반장 성적이 엄청나게 올라 내 바로 밑에까지 올라왔단다. 나는 늘 전교 1등의 자리를 지키고 있어서 엄마가 떡을 돌릴 일은 없었다. 언제고 2등으로 떨어진 뒤 1등의 자리를 되찾는 드라마를 만들어볼까 하다 만 적도 있다. 담임은 아연실색할 것이고 엄마는 내 성적에 관심도 없으니까. 그나저나 요즘 같아선 2등으로 떨어지는 게 영 불가능한 일도 아닌 것 같다. 당최 집중을 할 수 없으니 공부도 안 되고, 예전 같았음 두 시간이면 끝낼 공부를 다섯 시간 앉아 있어도 다 못 끝낼 때가 많다. 수업 진도도 따라가기가 쉽지 않다. 내 자신에게 집중하느라 선생님 말씀을 놓칠 때가 많았다. 장필승이 그렇게 쉽게 무너질 인간은 아니지만 더 많은 시간이 흐르기 전에 조치를 취해야 한다. 하긴 방법을 알아야 조치를 취하든 말든 할 거 아냐. 어디 가서 소리라도 꽥 지르고 싶다.

"반장."

"네."

담임은 뭐 마려운 강아지마냥 안절부절못한다. 내 예감이 맞았다. 지난 쉬는 시간에 담임이 준 시루떡이 상한 게 틀림없다. 정말 먹기 싫었는데 담임은 기꺼이 옆자리에 앉혀두고 시루떡을 코앞에 들이밀었다. 잇자국이 선명하게 찍힌 그 시루떡을, 날 위해 맛만 보고 남겨뒀다면서. 어쩔 수 없이 꾸역꾸역 시루떡을 씹어 삼켜야 했다. 수업시간에 몇 번이고 화장실을 갔다. 배가 살살 아팠다. 더 참았다간 흉한 꼴 보일 것 같아 배탈이 났다고 이실직고하고 맨 뒷자리에 앉아 편하게 화장실을 들락거렸다.

또 화장실에 가고 싶다. 나도 배탈이 났는지 확인하려고 불렀다면 빨리 끝내주면 좋겠는데.

"이번 모의고사에서 성적이 많이 떨어졌더라?"

뭐야, 성적 얘기였어? 하긴 성적이 아니고서야 담임이 나한테 관심 가질 일이 뭐 있겠어. 모의고사 점수가 떨어질 거라는 건 어느 정도 예상했었기 때문에 별로 놀라울 것도 없는데 담임은 그렇지가 않나 보다. 지금 내 상황에선 어쩔 수가 없다. 시험을 치는 내내 시험지에 집중할 수 없었다. 언제 돌변할지 모른다는 불안감이 시험마저 포기하게 만들었다. 시험감독 선생님이 왔다 갔다 하실 때마다 숨을 참아야 했고 사각사각 연필 소리만 나는 고요가 나를 잡아먹을까 두려움에 떨었다.

"여전히 반장은 전교 1등이지만 성적이 떨어져도 너무 많이 떨어졌네. 혹시 답안지 밀려 쓴 거니?"

"잘 모르겠는데요."

"그래, 아마 그럴 거야. 다음 모의고사 쳐보면 알겠지. 우리 반장이 어떤 사람인데. 초중고 12년 동안 한번도 1등 자릴 놓쳐본 적이 없다고 들었다. 이 동네에 소문이 자자하던데. 선생이 되고 처음으로 맡은 반에 반장 같은 애가 있다니. 정말 난 운이 좋아. 반장, 내가 얼마나 운이 좋은 사람이냐면 윷을 놀면 모만 나오고 고스톱을 치면……."

"에이! 모만 나오면 뭔 재미로 윷을 노나! 시시하게! 사나이로 태어났으면 빽도도 나와봐야지. 안 그러냐, 필승아?"

가만히 듣고만 있을 국사선생님이 아니지. 옆자리에 앉아 있던 국사선생님이 때마침 제대로 끼어들어주신다. 안 그래도 더 듣고 있기 거북했는데. 그러고 보니 이 학교에 나를 반장이라 부르지 않는 사람이 딱 한 사람 있긴 하다. 무좀, 아니 국사선생님. 이 학교에서 내 이름을 불러주는 유일한 사람이니 나도 '무좀'이라 부르는 걸 그만둬야겠다. 담임의 호출 때마다 담임의 말을 딱딱 끊어 나를 구원해주는 유일한 선생님이기도 하고.

"선생님이랑 윷놀이 할 일이 있겠습니까? 하하하."

"왜 없어? 올 체육대회 때 윷놀이하자고 건의해놨는데."

"전 반장이랑 할 얘기가 있어서. 그럼 이만."

담임은 고개를 까딱하곤 의자를 홱 돌려 국사선생님을 등지고 앉는다. 담임 얼굴에 짜증이 한가득이다.

"그렇게 울상 지을 필욘 없어. 틀림없이 답안지를 밀려 썼을 테니까."

남의 속도 모르면서 담임은 배가 아파 몸을 배배 꼬는 날 보며 또 성적 이야길 시작한다. 자기 얼굴이 울상인 건 모르나 보지. 억울하게도 담임 속은 괜찮나 보다. 이게 다 담임이 먹다 남긴 시루떡 때문인데.

딩동댕동 딩동댕동♬

고맙게도 때마침 종이 울려준다. 십 분의 쉬는 시간이 허무하게 지나갔다. 담임이 국사선생님에게 그랬던 것처럼 까딱 인사를 하곤 등을 홱 돌려 황급히 교무실을 빠져나온다. 희한하게 담임 앞에만 서면 뱀파이어고 뭐고 아무 생각이 없어진단 말이야. 담임이 시험 감독하러 들어오면 성적이 다시 팍팍 오를 수도 있겠는데.

"야, 커피 사와!"

누나가 신경질적으로 문을 쾅 열었다 닫는다.

"문 닫았다니까!"

잠잠하더니 또 시작이다. 웬만하면 방에 콕 처박혀 가족들과 마주치지 말아야 하는데 하나밖에 없는 누나가 도와주질 않는다.

"몰라! 난 지금 커피를 마셔야겠어! 알아서 사와!"

시험기간도 아니면서 다 늦은 밤에 커피는 마셔 무얼 하려는 건지. 머리를 질끈 묶어 올린 걸 보니 과제를 잔뜩 받아온 거 같기도 하고. 대학생활이 드라마에서 보던 것처럼 놀고먹는 것만은 아닌가 보다. 누나는 시험과 과제 때문에 자주 밤을 샌다. 세상이 불공평하다고 다시 한 번 느낀 건 밤을 샌 다음 날도 누나는 열 시간씩 푹 자고 일어난 것처럼 보이기 때문이다. 시험 준비와 과제를 완벽히 마친 누나를 한잠도 자지 않게 도와주는 건 파란 코끼리에서 진하게 내린 커피 한 잔이고 그 커피를 배달하는 건 누나의 하나뿐인 동생인 나, 장필승이고.

엄마가 제일 싫어하는 후드잠바를 걸치고 방에서 나온다. 그사이 혹시 형이 돌아왔을지도 모른다. 헤어살롱에서 들고 왔던 카메라도 챙긴다. 사진관에 통째로 가져다줄 생각이다. 필름카메라는 어떻게 만져야 하는지 모르니까.

어렸을 적 증명사진을 찍었던 사진관 자리에 파란 코끼리가 들어섰다. 동네에 사진관이 또 어디에 있는지 모르겠다. 파란 코끼리가 생기기 훨씬 전부터 사진관에 갈 일이 없었다. 증명사진이 필요할 땐 학교에서 찍어준 졸업사진을 사용하면 되어서 굳이 사진관을 찾을 일이 없었다. 사진관을 찾지 못하면 영원히 필름 속 사진을 볼 수 없을지도 모른다고 생각하니 낡은 카메라가 좀 달리 보인다. 꼭 잠긴 보물 상자처럼.

"그 옷을 입고 또 어딜 나가는 거야. 제발 엄마 말 좀 잘 들어라."

부엌에서 저녁을 준비하던 엄마가 국자를 들고 쫓아온다.

"요 앞에. 요 앞에 잠깐."

"동네사람들 다 쳐다보는데!"

엄마가 옷을 갈아입힐 태세로 쫓아오기에 아무 신발에나 발을 꿰고 쫓기듯 집에서 나온다. 신고 보니 누나 운동화다. 작아도 한참 작은 운동화를 구겨 신고 어기적어기적 걷는다. 뒤축이 납작하게 눌린 운동화를 보면 누나는 분명 불같이 화를 낼 텐데. 내가 아니라고 딱 잡아떼야겠다. 그게 누나의 화를 면할 수 있는 유일한 방법이다.

잠바에 달린 후드를 깊숙이 내려쓴다. 사진관을 찾으려면 고개를 빳빳이 들고 다녀야 하는데 사람들과 마주치는 게 무서워 고개를 푹 숙일 수밖에 없다. 엄마 말처럼 꼬질꼬질한 옷과 맞지도 않은 신발을 신고 있는 게 쪽팔려서 그런 게 아니라 내가 또 허튼 짓을 할까 봐서다. 그 후로 한 번도 사람의 피에 현혹된 적은 없지만 그건 아마도 내가 숨까지 참아가며 노력했기 때문이라 생각한다. 뱀파이어에서 해방될 그날까지 나는 노력하고 또 노력해야 한다. 십구 년 장필승 인생, 워낙 잘 태어난 탓에 딱히 노력하며 살아온 건 없는데 말도 안 되는 일로 핏발 세우며 노력해야 하다니. 처음 헤어살롱 문을 열었던 그날만 생각하면 아직도 분통하다. 다 내 탓이지, 내 탓이야.

신발이 작아 발이 불편하다. 깊게 내려쓴 모자를 방패 삼아 흘긋흘긋 사진관을 찾아보지만 보이지 않는다. 목에 건 카메라는 왜 또 이리 무거운 건지 이걸 며칠만 메고 있다간 거북이 목이 되고 말 것 같다. 걸음이 느려 평소보다 멀게 느껴진다. 시간도 훨씬 많이 걸린 거 같다. 이쯤 오면 파랗게 불이 들어온 코끼리가 보여야 하는데 길 한구석이 허전한 걸 보니 형은 아직도 코끼리를 찾아 헤매는 중인 모양이다.

아줌마?

파란 코끼리에 거의 다다랐을 때 아줌마를 얼핏 본 것 같아 작은 운동화에 발을 꽉 꿰고 걸음을 바삐 옮긴다. 시야를 방해하는 모자도 걷어낸다. 아줌마는 파란 코끼리 뒷문 쪽으로 사라졌다. 불 꺼진 파란 코끼리 앞이 어둑어둑해 확신은 서지 않지만 아줌마였던 것 같다. 파란 코끼리 옆 건물 프랜차이즈 카페의 불빛이 설핏 비췄을 때 보았던 얼굴. 선글라스 아래로 밤거리의 네온사인을 모조리 빨아들일 것 같던 백지장 같은 피부, 밤과 닮은 검은 옷들에 둘러싸인 여자가 이 동네에 아줌마 말고 또 있을까. 아줌마가 돌아온 거라면 나를 모른 척 할 리가 없다. 가장 먼저 찾고 싶은 사람이 나일 것이다. 아줌마가 나한테만 열쇠를 건넨 이유는 아무리 생각해도 하나뿐이다. 내가 본의 아니게 피 한 모금을 마셨다는 걸 아줌마는 알았던 거다.

"아줌마!"

파란 코끼리의 뒷문으로 통하는 골목으로 사라진 아줌마를 황급히 쫓아간다. 가로등이 골목을 환히 비추고 있지만 가로등 아래 아줌마의 흔적은 보이지 않는다. 잘못 봤을 수도 있지만 이 밤에 선글라스를 끼고 다니는 사람이 아줌마 말고 또 있을까.

"아줌마!"

혹시 몰라 아줌마를 한 번 더 불러본다. 다시 보고 싶지 않은 유일한 사람이지만 해결방법을 알고 있을 유일한 사람이기도 하니까. 요즘 좀 마음이 조급했다. 혹시나 평생 뱀파이어로 살아야 할까 걱정이 되어서. 언제까지 사람을 피해 다닐 수도 없고 무엇보다 확실히 하고 싶다. 내가 진짜 뱀파이어가 된 건지 아닌지.

아무리 불러도 아줌마는 모습을 보이지 않는다. 아줌마가 아니었던 걸까. 하긴 확신에 찬 경찰들의 얼굴이 아직도 선명한데 아줌마가 벌써 풀려났을 리가 없지 않은가. 하지만 죄가 없다면 풀려나기도 하니까. 아, 모르겠다. 아줌마가 맞는다면 조만간 알아서 날 찾아오겠지.

커피는 어떻게 해야 하나. 까만 콩알이 다 거기서 거기지 무슨 맛에 차이가 난다고. 파란 코끼리 문 닫은 거 뻔히 알면서 웬 트집인지 모르겠다. 내가 파란 코끼리 문 닫으라고 기도를 올린 것도 아닌데. 게다가 오늘은 돈도 주지 않았다. 커피를 사오란 건지 말라는 건지. 얼마 안 되는 용돈으로 한약보다도 쓴 까만 물을 사야 한다니, 아깝다 아까워. 그 돈이면 빵이 다섯 개다. 파란 코끼리의 커피가 아니면 마시지 않을 게 뻔하지만 생색이라도 내기 위해 가까운 카페를 찾는다. 길 건너에 달 모양의 간판이 달린 카페가 보인다. 조명이 은은해서 아늑하고 따뜻해 보이는 크리스마스이브 같은 카페다. 목에 멘 카메라가 목을 자꾸 잡아당긴다. 사진 찍고 싶어지게 만든다. 익숙지 않은 필름카메라에 얼굴을 가져다 댄다. 디지털 카메라처럼 액정이 달려 있지 않아 한쪽 눈을 찡그리고 다른 쪽 눈을 카메라에 바짝 대어 렌즈 너머의 시선을 확인해야 한다. 하나, 둘, 찰칵. 필름 넘어가는 소리가 요란하다. 얼마나 근사한 사진을 찍었기에 울림이 이리도 대단한 건지 어서 확인해보고 싶어진다.

잠깐.

잘못 본 건 아니겠지? 아빠 같다. 대체 오늘 왜 이러는 거지. 또 잘못 본 건 아닐까. 아빠 맞은편에 앉은 여자애가 전봇대처럼 보이는 것도 착각일까. 찡그린 한쪽 눈을 뜨지도 못하고 그대로 굳어버렸다. 묵직한 카메라를 양손에 받쳐 들고 심각한 얼굴로 마주 앉은 아빠와 전봇대를 유심히 쳐다본다. 전봇대는 왜 자꾸 우리 아빠에게 접근하는 걸까. 설마 내가 헤어살롱에 남은 피를 모조리 먹어치웠다는 얘길 하려고 만난 건 아니겠지. 아무한테도 말하지 말아달라고 신신당부했는데. 나한테 손톱만큼도 관심이 없다면서 왜 자꾸 아빠를 만나는 걸까. 아무래도 오늘은 모른 척하고 지나갈 수가 없을 거 같다. 별다른 얘기는 하지도 않는 거 같은데 왜 저렇게 심각한 얼굴을 하고서 마주 앉아 있는 건지 오늘은 그 이유를 알아야겠다. 4차선 도로에 차가 많진 않지만 그냥 건널 순 없다. 나는 긍정적인 얼굴값을 해야 한다. 지킬 건 모조리 지켜야 하고 언제나 예의바르게 행동해야 한다. 횡단보도가 있는 곳까지 걸어 올라가 신호를 기다린다. 만약 전봇대가 내 문제로 아빠를 만난 거라면 긍정적인 얼굴값은 잠시 미뤄두고 욕을 시원하게 퍼부어줄 것이다. 나랑 아무 상관도 없는 녀석이 내 문제로 여기저기 참견하는 꼴이 우습기만 하다. 나를 좋아하는 것도 아니라면서!

신호가 바뀌었다. 혹여 그사이에 아빠와 전봇대가 아줌마처럼 사라져버릴까 봐 맞지도 않는 누나의 신발은 벗어 손에 꿰고 달려간다.

"전봇대!"

마침 아빠와 전봇대가 카페에서 나란히 나온다. 전봇대는 내 목소리를 들은 척도 않는다.

"야! 전봇대!"

"어! 아들! 아들 목소리 같더라니. 여긴 웬일이야?"

아빠가 함박웃음을 지으며 돌아선다.

"야! 너 왜 못 들은 척해!"

당황한 척도 없이 태연하게 아빠 옆에 선 전봇대를 보자 나도 모르게 성질이 뻗쳐 삿대질을 하며 쏘아댔다.

"나 부른 거였어? 전봇대? 내가 왜 전봇대야?"

"전봇대니까 전봇대지!"

"둘이 아는 사이냐?"

아빠가 뒷짐을 지고 호기심 가득한 눈으로 전봇대와 나를 번갈아 쳐다본다.

"네. 조금."

전봇대가 눈을 껌뻑이며 고개를 끄떡인다.

"설마 우리 아들이 남자친구?"

"죄송하지만 부장님 아드님은 제 스타일이 아니에요."

전봇대가 정색을 하고 손사래를 친다.

"그래? 우리 아들이 인기 없는 스타일인가? 내 눈엔 훤칠하니 잘생겼는데, 고슴도치도 제 자식은 예쁘다더니 내 눈에만 그런 건가?"

아빠가 나를 보고 빙긋 웃는다. 아, 방금 자존심에 또 금이 하나 갔다. 우리는 꽃가족이다. 세상에 아빠보다 잘생긴 사람은 오직 나 하나뿐이고 엄마보다 예쁜 사람은 오직 누나 하나뿐이다. 누나와 나를 이렇게나 완벽하게 낳아놓고 고슴도치라니!

"그럼 내일 뵙겠습니다."

전봇대가 아빠에게 꾸벅 인사를 한다.

"내일 또? 왜? 너 그만 내 일에 신경 꺼!"

"아들. 너 친구한테 말이 너무 심하구나."

"친구 아니야."

"네 나이 땐 옷깃만 스쳐도 다 친군 거야."

"쟤가 왜 자꾸 아빠를 찾아오는 거야? 대체 나에 대해 뭐라고 지껄이고 다니는 거야. 전봇대, 너! 할 말 있으면 나한테 직접 찾아와!"

전봇대와 아빠가 둘이 만나서 할 얘기의 주제가 내가 아니면 또 뭐가 있겠는가. 나는 확신에 차서 단호하게 말한다.

"너한테 할 말 없고, 부장님이랑 너에 대해서 이야기한 거 아니니까 관심 꺼."

전봇대는 한결같이 심드렁하다. 졸려 죽겠다는 얼굴로 아빠에게 또다시 꾸벅 인사를 한다.

"우리 회사 직원이란다."

"아빠, 쟤 열아홉 살이야. 고3이 무슨 회사야."

아빠는 왜 전봇대를 감싸고도는 건지 모르겠다.

"괜한 오해 하지 마. 난 부장님 회사에서 아르바이트하는 거니까."

"그래도 돼? 고3이?"

"고3이 뭐 대수야? 다 너처럼 사는 거 아니니까 네 멋대로 아무렇게나 단정하지 마."

전봇대가 10초 후에 발사될 로켓처럼 쏘아댄 후 쌀쌀맞게 획 돌아서서 뒤도 돌아보지 않고 곧장 가버린다.

"친구한테 좀 친절하게 대하면 안 되겠니?"

아빠는 멀어져가는 전봇대의 뒷모습을 아련하게 바라본다.

"진짜 아빠 회사 다녀?"

"그래."

"학교는?"

"아르바이트니깐. 시간 날 때마다 하는 거지 뭐."

"고3이?"

"세상의 모든 고3이 공부를 하는 건 아니란다."

"그래?"

"그래."

몰랐다. 세상의 모든 열아홉은 수능을 앞두고 있는 줄 알았다. 역시 세상은 불공평한 거였군.

"근데 왜 회사가 아니라 밖에서 전봇대를 만난 거야?"

"급하게 보고받을 일이 있어서. 따로 부탁한 일이 있거든."

"그래?"

"그래. 아빠는 또 회사에 들어가봐야 한다. 집에까지 데려다주련?"

"내가 뭐 앤가. 내년이면 같이 소주 한 잔 할 수 있는 나이라니까."

"아이고, 우리 아들이 벌써 스무 살이면 대체 나는 몇 살인 거냐. 세월 참 빠르구나."

아빠가 머리를 긁적이며 웃는다. 아빠의 웃음과 함께 새어나온 작은 한숨을 놓치지 않는다. 아빠도 늙어간다는 사실이 새삼 서글프게 다가온다. 나이가 더 많이 들어도 이 장필승을 제외한 세상 어느 남자도 아빠보다 멋지지 않을 거란 사실이 위로가 될 수 있을까.

기대도 안 했는데 집에 오는 길에 낡은 상가건물 2층에 있는 사진관을 발견했다. 매일 오가는 거리에 떡하니 사진관이 있었다. 다행히 문을 잠그고 가려는 주인아저씨와 마주쳐서 필름을 맡길 수 있었다. 아저씨는 카메라 뒤쪽 뚜껑을 열고 주먹보다 작은 필름을 꺼냈다. 오랜만에 필름을 맡기는 손님이 찾아왔다며 내일 찾으러 오라는 말을 하시곤 다시 사진관 안으로 쏙 들어가셨다. 낡은 상가건물 앞에 서서 사진관을 물끄러미 바라본다. 낯이 익다 했더니 어렸을 적 증명사진을 찍어주시던 아저씨다. 잘 알지도 못하는 사이지만 덥석 반가워진다. 건재하고 있는 사진관을 무턱대고 사라졌다 단정한 것이 못내 미안스럽다. 주변을 몇 번만 눈여겨봤다면 쉽게 발견할 수 있었을 텐데 그간 온통 내 자신의 우월함에 집중하며 걷느라 주변을 둘러보지 못했나 보다.

"아줌마를 본 것 같아."

가족에겐, 특히 엄마에겐 아줌마를 본 것 같다는 말을 하지 않으려 했는데 엄마가 놀부 마누라처럼 밥주걱을 들고 한 대 때릴 기세로 현관문 앞을 지키고 있어서 어쩔 수가 없었다.

"그 여편네를? 확실하든? 지금 어디 있어!"

엄마는 밥주걱을 든 채로 당장이라도 밖으로 달려갈 태세다.

"커피는?"

어느새 나온 누나가 엄마 옆에서 팔짱을 끼고 서 있다.

"아직 크리스마스 전이잖아."

빈손인 걸 확인한 누나의 얼굴에 실망이 역력하다.

아, 맞다. 가족들과 너무 오래 함께 있으면 위험하다. 언제 내가 사랑하는 엄마와 누나의 피를 탐할지 모른다.

"수능이 코앞이라서. 나 들어간다."

"들어가긴 어딜 들어가. 엄마랑 그 미용실에 좀 가보자. 그 여편네 돌아왔나 확인 좀 하게."

엄마는 밥주걱을 든 채로 신발을 신는다.

"엄마, 설마 그러고 나가려고?"

"아차차."

누나의 아연실색한 얼굴을 본 엄마는 그제야 현관의 거울에 비친 자신의 모습을 확인한다.

"아마 아줌마가 아닐 거야. 경찰이 데리고 갔잖아."

"아줌마랑 꼭 닮았다며."

"선글라스에 모자까지 눌러쓰고 있어서 확실한 건 아니야."

"오밤중에 선글라스 쓰고 다닐 사람이 이 동네에 그 여편네 말고 또 있어?"

엄마는 콧구멍까지 벌름거리며 흥분을 감추지 못한다.

"왜, 연예인일 수도 있지. 뒷골목으로 사라졌다며. 거기 어디에 숨겨둔 애인이 사나 보지."

누나는 어쩐지 기운이 없어 보인다. 아마도 커피를 못 마셔 그런가 보다.

"그런가? 그럼 말고……."

엄마는 밥주걱을 들고 다시 부엌으로 향한다. 누나의 기운 빠진 목소리가 엄마까지 물들였나 보다. 못 본 건지 못 본 척하는 건지 다행히 누나의 구겨진 운동화는 들키지 않았다. 손으로 대강 두드려 운동화 뒤축을 펴보지만 원래대로 돌이키기가 쉽지는 않다. 더러운 운동화는 빨면 다시 새것처럼 보일 수 있는데 구겨진 운동화는 다시 새것이 될 수는 없나 보다. 나는 더러워진 걸까, 구겨진 걸까. 깨끗이 빨아 다시 새것이 될 수 있다면 더 바랄 것도 없겠다.

10 누난 너무 예뻐

"악!"

"왜, 왜, 무슨 일이야!"

아빠가 화장실 문을 두드린다.

"아, 아니……, 아무 일도 아니야. 변비가 온 거 같아서."

"괜찮니?"

"어. 괜찮아……."

질끈 감은 눈을 찬찬히 뜬다. 변했어, 변한 거 같아……. 얼굴이 희멀건해졌다. 입술이 처음 피를 묻혔던 그날처럼 시뻘겋다. 거울에 비친 내 얼굴이 꼭 뱀파이어 같다. 끔찍하다. 내일이 되면 뱀파이어에 더 가까워질 것이다. 사람들이 눈치채는 건 시간문제다. 어쩌지, 어떻게 해야 하지. 혹시나 싶어 세수를 하고 다시 거울을 본다. 미세하지만 분명 얼굴이 좀 희멀건해졌다. 입술은 또 왜 이리 시뻘건 거야. 이 사기꾼 아줌마! 뱀파이어가 되어도 뱀파이어처럼 변하지 않는다고 또 거짓말을 했다. 아, 울고 싶다.

볼일을 보지도 않았는데 변기의 물을 내리고 화장실에서 나온다.

"변비약 좀 사올까?"

화장실 앞을 지키고 있던 아빠가 걱정스럽게 묻는다.

"너 변비야?"

막 일어난 누나가 눈을 비비며 방에서 나온다. 소리는 왜 질러서, 온 가족의 관심이 집중되고 있다. 위험하다. 거울에 비친 내 얼굴이 경고했다. 나는 뱀파이어가 되었다. 사람들을 피하는데 더욱더 심혈을 기울여야 한다. 눈을 질끈 감고 가족들에게 소리친다.

"혼자 있고 싶어!"

방으로 후다닥 들어와 교복을 갈아입는다. 이 상태로 학교에 가도 괜찮은 걸까. 아프다고 하고 저번처럼 몸져누워 버릴까. 하지만 오늘은 수능 전 마지막 모의고사가 있는 날이다. 성적에 연연하지 않는다고 자신했는데 지난번 모의고사에서 성적이 급격히 떨어진 이후 성적에 점점 집착하게 되었다. 혼자 문제집을 풀고 점수를 매겼다. 틀린 개수가 늘어갈 때면 문제집을 찢고 싶어 미칠 지경이었다. 분명 다 아는 것들인데, 불과 한 달 전만 해도 다 맞혔던 문제들인데 대체 왜 이 지경이 되어버린 걸까.

다행인지 불행인지 가족들은 나의 달라진 점을 눈치채지 못했다. 아침밥도 먹지 않고 급히 나와서일 거다. 저녁에 집에 들어가면 엄마가 가장 먼저 알아챌지도 모른다. 엄마는 엄마니까. 고개를 푹 숙이고 교실로 들어선다. 친구라 부를 만한 녀석이 없어 얼마나 다행인지 모른다.

"믿는다, 반장!"

담임은 오늘까지도 교무실로 나를 불렀다.

"필승이가 하나님이요, 부처님이요? 믿기는 뭘 믿어."

옆자리에 앉은 국사선생님은 오늘도 끼어들어 훈수를 놓는다. 고개를 숙이고 있어서일까. 다행히 담임도 국사선생님도 내가 조금 달라진 걸 눈치채지 못한다.

책상 위에 명수와 함께 찍은 사진을 붙인다. 집에서는 어찌어찌 가족들만 피하면 되지만 학교에서는 반나절도 넘게 반 아이들과 붙어 있어야 하니 특단책을 마련한 것이다. 명수의 사진을 보면 그날 일이 선명하게 생각날 것이고 그럼 더더욱 내가 누군지 각성하게 되겠지. 이제는 잠시도 긴장을 늦출 수가 없다. 거울 속 내가 경고하고 있다. 너와 나 우리 모두를 위해서 어쩔 수 없는 일이다. 어쩌다 이런 신세가 되었을까.

'헛갈릴 땐 무조건 3번!'

국사선생님의 가르침을 받들어 모두 3번으로 찍는다. 도저히 문제나 풀고 앉아 있을 수가 없다. 반 아이들이 눈치챌까 두렵고 순간

순간 내가 돌변해버릴까 무섭다. 일찌감치 답안지를 다 채우고 책상 위에 엎드려 숨을 참았다 조금씩 내뱉기를 반복했다.

"벌써 다 푼겨? 역시 전교 1등은 달라! 박수!"

시험시간이 삼십 분도 더 남았는데 1교시 시험감독 선생님이 반 아이들에게 박수를 강요해서 2교시부턴 연필을 들고 문제를 푸는 척을 해야 했다. 하루가 어떻게 지나갔는지 기억도 나지 않는다. 이번 모의고사 성적표가 나오면 담임은 지금의 나처럼 얼굴이 하얗게 질려 쫓아오겠지. 또 가정방문을 오는 거 아닌가 모르겠다.

학교를 나서자마자 긴장이 탁 풀리면서 다리가 후들거린다. 앞으로 계속 이렇게 살아야 한다니. 끔찍하다. 어디 깊은 산속에라도 숨어버릴까. 엄마아빠가 걱정하실 텐데. 사기꾼 아줌마 때문에 꼬여버린 내 인생을 어디서 어떻게 풀어야 할까. 풀 수는 있는 걸까. 이대로 콱 죽어버릴까.

터벅터벅 걸어간다. 하교하는 아이들 속에 파묻히지 않으려고 종례도 빼먹고 그냥 나와 버렸다. 내일이면 담임은 또 나를 부르겠지만 상관없다. 담임의 피를 마실 일은 절대 없을 거니까.

사진관이 보인다. 낡은 건물이 꼭 외딴 섬 같다. 이상한 일이다. 수없이 지나다닌 길이었는데 이런 건물이 있다는 걸 이제와 새삼 깨달았다는 게.

"안녕하세요. 사진 찾으러 왔는데요."

아저씨는 소파에 기대어 신문을 보고 있다.

"어, 왔어?"

신문을 이불 개듯 차곡차곡 접어 장롱에 밀어 넣듯 책장에 반듯하게 꽂아둔다.

"필름이 많이 남았던데 다 찍고 맡기지 그랬어."

"빨리 보고 싶어서요."

"사진 잘 찍었더라. 학생이 찍은 거야?"

"아니요."

"요즘도 이런 카메라로 사진 찍는 사람이 있었네."

아저씨는 약봉지 같은 봉투에 사진을 담아 건넨다.

"여기, 언제부터 있었어요?"

"뭘 말이야? 사진관?"

"네. 여기에 사진관이 있는지 몰랐어요."

"그야 학생이 사진관에 볼일이 없었으니까 봐도 못 본 척했던 거겠지?"

아저씨의 웃는 얼굴이 커피처럼 씁쓸하다.

"매일 지나다녔는데도요?"

"사람들은 기억하고 싶은 것만 기억하니까."

사진 값을 치르고 봉투를 손에 꼭 쥐고 인사를 꾸벅하고 사진관을 나온다.

"또 와."

아저씨는 손수 문까지 열어주며 나를 배웅한다. 내 발자국 소리만 쩌렁쩌렁 울린다. 내 걸음 뒤로 숨 막히는 고요만 남는다. 적막이 이 낡은 건물을 잡아먹을까 걱정된다. 아저씨는 오랜 시간 숨 막히게 조용한 이 건물에 홀로 남아 사진관을 지켰겠지.

헤어살롱 문을 밀고 들어간다. 내가 왜 또 여기에 온 건지 모르겠다. 어지러운 미용실 안은 그날의 악몽을 고스란히 간직하고 있다. 누구라도 와서 좀 치워주면 좋을 텐데. 가방을 벗어던지고 소파에 벌러덩 기대어 앉는다. 뱀파이어가 되었다고 확신해버려서일까. 핏자국 가득한 이 미용실에 있으니 오히려 마음이 편해진다. 집에 곧장 가지 않고 미용실에 들른 건 뱀파이어로서의 본능일지도 모르겠다. 이곳은 내가 뱀파이어로 새롭게 태어난 곳이니까.

봉투에서 사진을 꺼낸다. 첫 사진은 내가 찍은 카페의 전경이다. 마주 보고 앉은 아빠와 전봇대의 모습도 함께 찍혔다. 그러고 보니 그날 후로 전봇대가 보이지 않는다. 지겹게 쫓아다닐 땐 언제고. 두 번째 사진은 뱀파이어 거행식이 있던 날 아줌마와 함께 찍은 단체 사진이다. 활짝 웃고 있는 엄마와 아줌마, 뚱한 얼굴의 누나와 나, 다른 곳을 쳐다보고 있는 아빠. 꿈같은 그날의 일은 역시 꿈이 아니었나 보다. 세 번째 사진의 주인공은 아줌마다. 멀리서 걸어가는 아줌마를 찍은 사진. 꼭 연예인 파파라치 사진 같다. 사진만 보면 누군가 아줌마를 몰래 찍은 거라고 오해할 만하다. 대체 이런 사진을 왜 찍은 거야. 분명 사기꾼 아줌마가 애란엄마를 시켜 찍은 사진

일 거다. 연예인 놀이가 하고 싶었나 보지. 네 번째, 다섯 번째, 여섯 번째, 일곱 번째 사진도 몽땅 아줌마가 주인공이다. 장을 보는 아줌마, 과자를 먹는 아줌마, 애란엄마와 이야기를 나누는 아줌마. 아무튼 취미도 이상한 아줌마다.

파란 코끼리?

파란 코끼리다!

허허벌판인 사막에 우두커니 서 있는 파란 코끼리가 찍힌 사진이다. 인터넷에 떠돌아다니는 사진보다 훨씬 크고 가깝다. 바로 앞에서 찍은 것마냥. 아름답다. 정말로 아름답다. 동화책의 그림을 보는 것처럼, 비현실적이게 아름답다. 어떻게 파란 코끼리가 아줌마의 카메라에 찍혀 있는 건지 모르겠다. 햇빛을 피해 다녀야 하는 아줌마가 사막 한가운데까지 어떻게 간 건지.

형이다…….

눈망울이 커다랗고 피부가 검은 아이 옆에서 활짝 웃고 있는 남자는 파란 코끼리 형이 분명하다. 다급히 다음 사진들도 넘겨본다. 풍경사진들이 대부분이다. 푸른 초원, 알록달록한 실이 매달린 하늘, 드넓은 사막, 그리고 코끼리……. 이 카메라는 형 것이 틀림없다. 어째서 아줌마가 형의 카메라를 가지고 있었던 걸까. 형이 하늘을 향해 두 팔을 벌리고 있는 마지막 사진을 제일 위에 올려놓고 가만히 들여다본다.

아줌마와 형…….

두 사람은 원래부터 알던 사이였나? 아줌마가 형의 카메라를 훔쳤을까? 형은 왜 이 사진을 여행 직후에 뽑지 않고 그냥 뒀던 걸까? 지금 형은 어디에 있는 걸까? 누나의 말대로 파란 코끼리를 만나러 떠난 게 맞을까? 며칠 전 파란 코끼리 근처에서 아줌마를 보았던 건 우연일까?

"너 여기서 뭐해!"

"아! 깜짝이야!"

놀란 가슴을 쓸어내린다. 엄마가 헤어살롱 문을 활짝 열어젖혔다. 갑자기 쏟아지는 노란 햇볕에 눈이 따갑다. 뱀파이어로 변하고 있는 게 확실하다면 선글라스부터 하나 마련해야겠다. 어쩐지 피부도 따끔거리는 것 같다. 내일부턴 선크림을 듬뿍 바르고 다녀야겠다.

"얘가 겁도 없이 혼자서 뭐하는 거야? 그 여편네가 돌아왔나 하고 혹시나 해서 와봤더니! 엄마야, 아직 핏자국도 그대로 있네. 기분 나쁘게. 어서 나와!"

"어? 어."

사진을 가방에 챙겨 넣고 엄마를 따라나선다. 머리가 복잡해 뭉그적거리며 걷는 나를 엄마가 억지로 잡아끈다.

"이제 이 앞은 절대로 지나다니지 마라! 그 여편네는 엄마가 맡을 테니까!"

예쁘고 고상한 것이 아니면 상대도 않는 엄마의 입에서 여편네

소리가 계속되는 걸 보니 아줌마도 참 대단한 사람이다 싶다. 노란 햇빛이 나를 태워먹을 기세로 따갑게 내리쬐어 가방을 들어 올려 머리를 가린다. 연극무대에 조명이 배우를 따라다니듯 햇빛이 나만 따라다닌 것 같다. 사람들의 태평한 걸음이 나를 비웃는 것처럼 보인다. 겨울이 머지않았는데 햇빛이 왜 이리 따가운 건지 모르겠다. 지구가 아픈 게 아니라면 내가 완벽히 뱀파이어가 되어가고 있다는 뜻이겠지.

"어머, 필승이 담임선생님 맞죠?"

"아이고, 어머님. 제가 또 연락도 없이 찾아왔습니다. 필승이가 전화를 안 받아서. 하하하."

담임이 입술을 삐쭉거리며 어색하게 웃는다. 기가 막히게도 엘리베이터 앞에서 담임을 만났다. 오늘 친 모의고사 성적표가 벌써 나온 것도 아닐 텐데 담임은 왜 또 집까지 찾아온 거야. 교실에 친구라 부를 만한 녀석이 없어 쉽지는 않겠지만 기회가 되면 담임이 가정방문 온 적이 있느냐고 다른 애들에게 좀 물어보아야겠다.

"누추한 곳까지 또 무슨 일로……."

엘리베이터가 1층에 도착했다. 엘리베이터에 타려던 담임은 엄마가 꼼짝도 않고 빤히 쳐다보자 얼굴이 벌겋게 달아올랐다.

"필승이 문제로 상의할 것도 있고 또 드릴 말씀도 있고 해서……."

담임이 머리를 긁적대며 어쩔 줄 몰라 한다.

"아, 그러세요?"

엄마는 그제야 엘리베이터에 올라탄다. 담임은 엄마 뒤에 바짝 붙어 엘리베이터에 오른다. 엄마가 손가락으로 내 허벅지를 마구 찌른다. 차마 소리를 지를 순 없어 입술을 꽉 깨문다. 이로써 벌써 세 번째 가정방문이다.

"누추하지만 들어오세요."

엄마는 뭐가 자꾸 누추하다는 건지 모르겠다. 깨끗하기만 하구만.

"아니, 이게 뭐야?"

거실에 내 다리보다도 긴 배낭이 애벌레처럼 누워 있다. 발로 툭 밀어봐도 꿈쩍도 않는 걸 보니 꽤 묵직한 모양이다.

"아, 안녕하십니까."

담임이 난데없이 인사를 꾸벅하기에 뒤를 돌아보니 등산복을 입은 누나가 방에서 나온다. 자기 몸만 한 배낭을 들어 메는 누나를 황당하게 쳐다본다.

"너 지금 어디 가니?"

엄마는 옆에 서 있는 담임은 잊은 듯 누나를 가로막아 선다.

"아프리카."

"뭐?"

"코끼리 찾으러."

"얘가 지금 무슨 소릴 하는 거야?"

"커피가 마시고 싶은데 어떡해! 내가 찾아와야지!"

누나가 바락 소리를 지른다.

"누나가 커피를 좋아해?"

담임이 내 귀에 대고 속닥인다. 담임의 입김이 달갑지 않아 성급히 고개를 끄덕이며 떨어진다. 누나의 눈에 눈물이 가득하다. 이건 또 무슨 난린지 모르겠다.

"제가 평생 당신의 커피를 책임지겠습니다!"

담임이 누나 앞에서 무릎을 꿇는다. 이건 또 무슨 상황이야. 엄마는 턱이 빠져라 입을 떡 벌리고 있다.

"저와 결혼해주십시오!"

담임은 가방에서 장미 한 송이를 꺼내 누나에게 내민다.

"미안한데요, 제가 아프리카를 가야 해서요."

누나는 담임을 본체만체 현관으로 가 등산화에 발을 꿴다. 그제야 정신이 번쩍 든 엄마와 나는 누나를 쫓아간다.

"얘! 아프리카? 진짜 아프리카? 아프리카를 간다고?"

"크리스마스까지 도저히 못 기다리겠단 말이야!"

"얘가 정말 왜 이래? 울긴 또 왜 울어!"

누나가 소매로 눈물을 훔친다.

"커피가 마시고 싶단 말이야. 엉엉."

뭐가 그렇게 서러운지 누나는 신발을 신다 말고 바닥에 주저앉아 대성통곡을 한다.

"제가 평생 커피를 내려드리겠습니다!"

담임이 누나 앞으로 부리나케 달려와 또 무릎을 꿇고 앉아 장미 한 송이를 내민다.

"미안한데요, 파란 코끼리가 아니면 소용없어요! 엉엉엉."

그러니까 지금 그깟 커피 때문에 아프리카에 가겠단 소리야? 못 살겠다, 정말. 나도 제정신은 아니지만 누나도 제정신은 아닌 거 같다.

"얘가 갑자기 아프리카는 어떻게 간단 말이야. 거기가 어디라고. 걸어서 갈 거야? 어제까지 잠잠하던 애가 갑자기 왜 이래?"

엄마는 담임을 밀치고 나가 주저앉은 누나를 일으킨다. 눈물콧물 다 흘리며 울어도 예쁘기만 한 우리 누나는 정말 커피 없이 못 사는 사람인가 보다. 저 정도인 줄 알았더라면 형에게 커피 타는 법이나 좀 배워두는 건데. 하나뿐인 동생이라는 게 누나 맘도 몰라주고 까만 콩알이라고 무시나 하고. 울음이 잦아든 누나가 주머니에서 주섬주섬 종이와 여권을 꺼낸다.

"여기, 비행기티켓."

"그건 또 언제 끊은 거야?"

"어젯밤에."

"내가 못 살아 정말. 아빠한테 이를 거야, 너!"

"허락받았어."

"뭐? 이 양반이, 정말! 학교는!"

"휴학 신청 해놨어."

"휴학? 너 진짜 떠날 생각인 거야? 거기가 어디라고!"

"어디긴. 아프리카지."

"며칠 있다 올 건데 휴학씩이나 해!"

"새해가 되기 전엔 올 거야."

"새해?"

"이제 조금 알 거 같거든. 내가 진짜 원하는 게 뭔지. 지금 내게 필요한 게 뭔지."

"그게 대체 뭔데 그래!"

"파란 코끼리."

엄마가 담임 옆에 털썩 주저앉는다.

"지금 나가야 비행기 탈 수 있어. 갔다 올게. 장필승, 엿 사놨다. 수능 잘 쳐라! 다들 미리, 메리 크리스마스!"

불과 몇 분 전만 해도 펑펑 울던 누나가 생긋생긋 예쁘게 웃으며 인사를 하고 집을 나선다. 커피 마실 생각에 신이 났나 보다. 대체 그 쓰기만 한 게 뭐기에 이 난린지 모르겠다.

누나가 이미 떠나버렸는데도 엄마와 담임은 현관 앞에 나란히 주저앉았다. 똑같이 망연자실한 표정을 하고서. 누나 앞에 무릎을 꿇고 장미 한 송이를 내밀며 '결혼해주십시오!' 하고 외치던 담임이 자꾸 떠올라 웃음이 나오려는 걸 꾹 참고 있다. 할 말이 있다더니 내 모의고사 성적 때문이 아니라 누나한테 고백을 하려고 찾아온 거였나. 내일부터 반장 얼굴을 어찌 보려고? 설마 누나가 그 청혼을 당연히 받아주겠거니 생각하고 찾아온 건 아니겠지? 담임이라면 그렇게 생각하고도 남을 사람이지만. 감히 우리 누나랑 결혼할 생각을 하다니. 기가 막혀 웃음만 난다.

"커피 한 잔 하실래요? 아빠가 드시는 믹스커피가 있는데."

이유야 어찌 됐건 집에까지 찾아온 담임을 이대로 내쫓을 순 없으니 예의 삼아 물어본다.

"누나가 커피를 많이 좋아하나 보다."

담임이 무릎을 탈탈 털며 일어선다.

"그러게요."

"아휴, 누추한 곳까지 찾아오셨는데 이게 뭔 난린지. 죄송해요, 선생님. 들어와서 커피 한 잔 하세요. 필승이 문제로 상의할 것이 있다고 하셨잖아요."

엄마도 이제야 정신이 드는지 자리에서 일어선다. 엄마는 담임이 누나에게 고백했던 건 깡그리 무시하기로 한 모양이다. 담임 손에 쥐어진 장미 한 송이에 관한 일은 보지도 듣지도 못한 사람처럼 구는 걸 보니.

"아니, 아닙니다. 오늘은 그만 가보겠습니다."

"하실 말씀이 있다더니. 그러시겠어요?"

"네. 실례가 많았습니다. 새해가 되기 전에 다시 찾아오겠습니다.

그럼 이만."

담임이 허리를 숙이고 꾸벅 인사를 한다.

"조심해서 가세요."

"네. 아, 미리, 메리 크리스마스."

"아, 네."

담임이 누나에게 주려했던 장미 한 송이를 엄마에게 건넨다. 엄마는 썩 좋지 않은 표정으로 꽃을 받는다. 담임이 집을 나서자마자 엄마는 깊은 한숨을 내쉬며 말없이 안방으로 들어간다. 장미 한 송이는 바닥에 아무렇게나 뒹굴고 있다.

장미처럼 거실에 덩그러니 혼자 남아 생각한다. 어째서 아무도 내 외모의 변화를 눈치채지 못하는 걸까. 점점 뱀파이어로 변해가는 내 모습을 말이다.

내가 누구인지 아는 사람

담임은 아주 노골적으로 누나의 사생활을 묻기 시작했다. 바닥을 친 내 모의고사 성적은 관심도 없는 모양이다. 마지막 모의고사에서 전교 1등의 자리를 꿰찬 1반 반장의 어머니는 전교생에게 꿀떡을 돌렸다. 반 아이들은 꿀떡을 먹으며 내 눈치를 살폈지만 나는 아랑곳 않고 꿀떡을 두 개나 먹어치웠다. 지금 내 상황에 성적이 뭐 그리 중요하겠는가. 뱀파이어인 상태로 대학에 간들 무엇 하겠는가. 대학에 가면 지금보다 훨씬 더 많은 사람들을 만나야 할 테고 그럴 때마다 숨을 참고 물을 마시며 용을 써야 한다 생각하니 대학에 가기가 싫어졌다.

"누나 휴대폰 번호 좀 가르쳐줄래?"

방과 후에 잠시 교무실에 들르라던 담임은 기어이 누나의 전화번호까지 묻는다.

"없어요. 여행 가기 전에 해지했던데요."

거짓말이 아니다. 누나는 파란 코끼리를 찾기 전엔 절대 돌아오지 않겠다는 굳은 의지를 보여주려는 듯 해지한 휴대전화를 화장대 위에 두고 떠났다. 어차피 졸업이 몇 달 남지 않았다. 수능만 치고 나면 원서 쓰느라 정신이 없을 테고 곧 겨울방학이 돌아올 것이다. 그러고 나면 드디어 졸업이다. 몇 달만 참으면 된다. 졸업만 하면 담임을 모른 척하고 쌩하니 지나갈 것이다. 담임은 아주 나를 처남으로 부를 기세다. 눈빛이 하도 다정해 소름이 돋는다. 누나가 아프리카만 다녀오면 자기와 결혼해줄 것이라 굳게 믿고 있는 것 같다. 어림 짝도 없는 소리. 누나는 담임의 고백 따위 기억도 못할지도 모른다. 누나에게 그런 일은 아주 흔하게 일어나니까.

"곧 내 생일이거든. 축하받고 싶었는데."

담임은 섭섭한 기색을 감추지 못한다. 누나가 돌아오면 더 큰 상처를 받게 되겠지. 그전에 빨리 졸업을 해서 담임과 맞닿은 끈을 싹둑 잘라내어야겠다.

"선생님, 저 조퇴를 해야 될 것 같아요."

담임은 이유도 묻지 않고 고개를 끄덕인다. 아마 내가 수능시험장에 나타나지 않는다 해도 담임은 관심도 없을 것이다. 누나에게 폭 빠져 반 아이들은 안중에도 없는 상태인 거 같으니까.

"조퇴는 뭐하려고!"

오늘은 왜 안 끼어들고 가만히 있으신가 했다. 담임과의 대화를 엿듣던 국사선생님이 마침내 담임을 대신해 참견하기 시작한다.

“몸이 좀 안 좋아서요.”

“어디가 안 좋은지 구체적으로 얘기해봐.”

“속이 좀 안 좋아서…….”

“너 애인 생겼냐?”

국사선생님이 흘깃 흘겨보며 배시시 웃음 짓는다.

“그런 거 아니에요!”

괜히 발끈해서 두 주먹을 꽉 쥐고 교무실이 떠나가라 소리를 빽 질렀다. 아침부터 속이 안 좋았다. 매슥거리는 게 영 기분이 나빠 1교시 내내 엎드려 있어야 했다. 커튼을 좀 쳤으면 좋으련만 활짝 열어놓은 창문 틈으로 따가운 햇볕이 들이닥쳤다. 당장에라도 교실을 박차고 나가 음악실 암막커튼 뒤로 숨고 싶었다.

“아니면 말 것이지 소리는 왜 지르고 난리야? 허허. 늦바람이 무서운 거라더라. 필승이 네가 학창시절을 좀 조용히 보내긴 했지. 서둘러라. 졸업이 얼마 안 남았다. 남들 하는 건 다 해보고 졸업해야지, 안 그러냐? 허허허.”

국사선생님이 발가락 양말 사이로 손가락을 집어넣으며 벅벅 긁는다. 그렇지 않아도 속이 별로 안 좋은데 국사선생님 때문에 멀미하는 것처럼 더 울렁댄다. 아마도 피 때문일 거다. 피를 마시고 싶은 뱀파이어의 본능이 꿈틀 깨어나는 중일 것이다. 이대론 위험하다. 어서 짐을 챙겨 학교를 빠져나가야겠다.

"웩!"

입을 틀어막고 교무실을 빠져나와 곧장 화장실로 향한다. 드디어 시작인 건가. 변기를 부여잡고 웩웩거리며 속에 있는 것들을 쏟아낸다. 씹다 만 꿀떡들이 변기 속에 풍덩 빠진다.

뭐야, 체한 거였어?

다리에 힘이 풀려 더러운 줄도 모르고 화장실 바닥에 털썩 주저앉아버린다. 피에 대한 갈증 때문에 속이 매슥거리는지 알고 얼마나 놀랐는지. 안도감에 작은 한숨이 연달아 새어나온다. 1반 반장 엄마가 돌린 떡을 먹고 단단히 체했었나 보다. 시루떡을 먹고는 배탈이 나더니 꿀떡은 가슴을 꽉 막고서 내려갈 생각을 안 했다. 아무래도 1반 반장 엄마가 돌린 떡은 앞으로 입에도 대지 않는 게 좋을 거 같다. 변기통을 부여잡고 속에 있는 걸 다 게워낸다. 체기가 좀 사라진 거 같으나 그래도 조퇴는 해야겠다. 아직도 속이 좀 울렁거리니까. 꿀떡 때문인지 피 때문인지도 확실하지 않으니까.

가방을 챙겨 교실을 나서는 내게 아무도 이유를 묻지 않는다. 잠에 취한 아이들이 책상 위에 널브러져 있다. 수능을 채 한 달도 남기지 않은 고3 교실의 아침 풍경은 수확을 끝낸 겨울의 논밭 같다. 잠들지 못하고 영어단어집을 펼쳤다 덮었다 하는 아이들을 방해하지 않기 위해 조용히 문을 닫고 학교를 빠져나온다.

택시를 잡아탄다. 택시에 기사님과 단둘이 남게 되는 게 영 불안하지만 길가에 수많은 사람들이 위험하게 되는 것보단 낫다. 택시가 집 앞에까지 가는 동안은 내내 숨을 참을 예정이다. 택시기사님의 목덜미를 물고 말까 봐 걱정이다.

"조퇴했나 봐?"

택시기사님은 눈치도 없이 자꾸만 말을 건다. 내가 확 물어버리면 어쩌려고. 숨을 참느라 고개만 끄떡이며 대답을 한다.

"어디가 아파? 얼굴이 시뻘거네."

숨을 이렇게나 꾹 참고 있는데 얼굴이 안 시뻘게지면 그게 사람인가. 나는 또 고개만 끄덕인다. 더 이상 말을 시키지 말라는 뜻으로 고개를 휙 돌려 창밖을 바라본다.

"우리 아들도 그 학교 다니는데. 김민수 알아? 김민수."

휴. 아저씨의 수다는 끝이 없다. 김민수를 어떻게 모를 수 있을까. 상쾌한 아침부터 더러운 변기통을 부여잡게 만든 장본인, 1반 반장인데.

"이번 모의고사에서 전교 1등 했다는데, 몰라?"

안다고 하면 또 말 시킬까 봐 고개를 저으며 모른다는 표정을 짓는다.

"오늘 떡도 해갔는데……. 학생은 못 먹었나 봐. 그러게 떡 좀 넉넉히 주문하라니까. 학생, 섭섭해 마. 이 아저씨가 집에 가서 마누라를 혼꾸멍 내줄 테니까. 못 먹은 학생들 거까지 내일 또 돌리라고 하지 뭐."

내일 다시 떡이 온다 해도 냄새조차 맡지 않으리. 십 분만 참으면 되는데 슬슬 한계에 도달한다. 머리가 몽롱해지는 기분이다. 얼굴이 시뻘겋다 못해 시퍼렇게 될 지경이다.

"세워주세요!"

주머니에서 천 원짜리 몇 장을 꺼내 택시비를 지불하고 냅다 택시 밖으로 뛰쳐나온다. 다행히 거리에 사람이 별로 없다. 가픈 숨을 몰아쉬며 공기의 소중함을 새삼 깨닫는다. 눈치 없는 민수아버지는 나를 따라 택시에서 내린다.

"괜찮아? 병원에 데려다줘?"

"아니에요! 정말 괜찮아요!"

"택시비 때문에 그런 거라면 걱정 마. 택시비는 안 받을 테니."

"아니, 정말 괜찮아요. 걱정해주셔서 고맙습니다."

인사를 꾸벅하고 민수아버지가 택시에 타는 걸 지켜본다.

"우리 민수랑 친하게 지내. 또 보자."

택시가 떠났다. 우리 반 아이들과도 친하게 안 지내는데 1반 반장과 친하게 지낼 일이 있을까 싶다. 그러고 보니 정말 몇 달만 지나면 졸업이다. 졸업. 졸업이라는 단어가 허전함으로 다가와 가슴을 저릿하게 만든다.

내리고 보니 파란 코끼리 근처다. 버릇처럼 파란 코끼리 앞으로 걸음을 옮긴다. 불이 꺼진 지 오래지만 파란 코끼리 앞에 있으면 왠지 안심이 된다. 혹시나 형이 돌아오지 않았을까 하는 기대와 더 불어.

검은 망토 차림의 여자가 찬바람처럼 훅 지나간다. 눈을 몇 번 끔뻑이며 방금 지나간 여자를 다시 떠올려본다. 아줌마, 아줌마가 맞다. 순식간에 골목으로 들어가버려서 자세히 보지는 못했지만 아줌마가 틀림없다. 이번에는 절대 놓치지 않을 것이다. 이렇게는 도저히 못살겠다. 뱀파이어로 만들었으면 끝까지 책임을 지는 게 도리 아닌가. 사람들과 섞여서 잘 살아갈 수 있는 방법을 가르쳐주든지, 또래의 뱀파이어를 소개시켜줘서 덜 외롭게 해주든지. 발소리를 죽이고 조심조심 아줌마가 사라진 골목으로 향한다. 다행히 아줌마가 아직 골목에 있다. 망토 사이로 손을 집어넣고 주섬주섬 무언가를 꺼낸다. 찰랑거리는 소리가 익숙해 전봇대 뒤로 몸을 숨기고 유심히 바라본다.

열쇠꾸러미다.

아줌마가 파란 코끼리의 뒷문 앞으로 걸어간다. 열쇠 하나를 집어든 아줌마가 파란 코끼리 뒷문에 열쇠를 꽂는다.

철컥.

문이 열리자 아줌마가 파란 코끼리 안으로 사라진다. 왜 아줌마가 파란 코끼리 열쇠를 들고 있는 거지? 설마 형한테서 열쇠를 훔친 건가? 하긴 사기꾼 아줌마가 못할 일이 뭐 있겠어. 아마 형의 카메라도 몰래 들어가 훔쳐낸 걸 거다. 불쌍한 형은 그렇게나 그리워하던 파란 코끼리 사진 한 장 가질 수 없었다. 헤어살롱에서 카메라를 빼내어 와서 얼마나 다행인지 모른다. 형이 돌아오면 카메라와 함께 인화한 사진을 전해줘야겠다.

"이제 제발 그만둬요!"

파란 코끼리 안에서 익숙한 남자 목소리가 울려 퍼진다.

"너나 방해하지 마!"

날선 여자의 목소리는 아줌마의 것이 틀림없다.

"일단 이거나 풀어주세요."

"너도 내가 미쳤다고 생각하지?"

"그렇지 않아요."

"넌 내 말 믿지 않잖아."

"믿는다구요!"

"근데 왜 그랬어! 절호의 기회였는데! 왜 그랬냐구!"

살짝 열린 문틈으로 남자의 얼굴을 확인한다. 형이다. 형이 의자에 앉은 채로 묶여 있다. 대체 이게 무슨 상황인 거야. 형이 왜 저기에 묶여 있는 거야. 아줌마는 왜 형에게 성질을 내고 있는 거고. 파란 코끼리를 찾으러 떠난 게 아니었어? 내내 여기 묶여 꼼짝도 못했던 거야?

숨을 꾹 참는다. 숨소리마저 들킬까 조심스럽다. 뒤꿈치를 들고 살금살금 걸어 파란 코끼리에서 꽤 떨어진 곳까지 간다. 종아리근육이 욱신대지만 상관없다. 형을 구해야만 한다.

112. 신호가 간다.

"형이 납치를 당했어요. 아줌마가 형을 꽁꽁 묶어놨어요. 형을 좀 구해주세요."

경찰은 지금 출동하겠다는 말을 남기고 전화를 끊었다. 저번처럼 경찰이 들이닥쳐 아줌마를 체포해갈 것이다. 무슨 착오로 아줌마가 경찰에서 풀려났는지는 모르겠지만 이번엔 어림없다. 세상의 모든 뱀파이어들은 위험하다. 아줌마는 형의 피를 마시려는 건지도 모른다. 그래, 뱀파이어가 인간을 붙잡아두고 있다면 이유는 단 하나밖에 없다. 피. 아줌마는 무척이나 갈증이 난 상태인 거다. 참고 또 참았지만 버틸 수가 없는 거다. 내가 헤어살롱에 남아 있던 피를 다 마셔버려서 아줌마가 마실 피가 모자랐던 거다. 형이 위험하다. 경찰이 올 때까지 기다리고 있을 수만은 없다. 아줌마가 나에게 또 무슨 짓을 할지 몰라 두렵지만 곧 경찰들이 들이닥쳐 저번처럼 형과 나를 구해줄 거니까 상관없다.

"형!"

파란 코끼리 뒷문을 벌컥 연다.

"어? 네가 여긴 어떻게……."

파리한 행색의 형이 놀란 얼굴로 나를 본다.

"형. 내가 풀어줄게요. 여기 계속 있는지 알았으면 진작 구해주는 건데……. 미안해요, 형. 다 나 때문이에요."

눈물이 뚝뚝 흐른다. 언젠가 나도 아줌마처럼 형을 위협할 수도 있다는 생각에 형에게 너무 미안해진다. 이제는 파란 코끼리도 마음껏 올 수 없는 신세가 된 것이다. 평생 사람들에게서 멀리 떨어져 홀로 지내는 게 세상을 위한 일일지도 모르겠다. 아무래도 수능을 치고 난 후엔 이 세상을 떠나야 할 것 같다. 누나가 돌아오면 누나가 메고 갔던 큰 배낭을 짊어지고 깊은 산속에 들어가 머리나 기르며 살아야겠다.

"학생, 오랜만이네? 저번 일은 미안하게 됐어."

아줌마가 웃는다. 역겹다. 아줌마는 내가 형을 풀어주든 말든 상관 않고 멀찍이 서서 구경만 한다. 마치 나랑 한편이라도 된 것처럼. 아줌마 보란 듯이 형을 묶고 있던 끈을 풀어 바닥에 내던진다. 나는 절대로 형의 피를 마시지 않을 거다. 형을 무사히 이곳에서 나가게 해줄 것이다.

"아줌마는 우리를 속였어요!"

"그래서 미안하다고 했잖아."

"이게 미안하다고 해결될 일이에요?"

"잘못된 것도 없잖아."

"잘못된 게 없다니요! 내 인생이 완전히 망가졌어요! 다시 원래대로 돌려놔요! 돌려놓으란 말이에요!"

"그게 무슨 말이야? 망가지다니, 뭐가?"

아줌마가 모른 채 잡아뗀다. 역겹다. 아줌마 같은 뱀파이어는 되지 않을 것이다. 저런 아줌마는 경찰에 잡혀가야 마땅하다. 대체 경찰은 언제 오는 거야. 이러다 아줌마가 도망이라도 가면 큰일인데.

"내가 뱀파이어가 됐잖아요!"

"뭐?"

그때 뒷문이 거칠게 열리며 남자 둘이 들이닥친다. 경찰이다. 저번처럼 까만 양복을 입고 있진 않지만 경찰이 분명하다.

"꼼짝 마!"

아줌마를 향해 총을 겨눈 경찰이 한 발 한 발 다가온다.

"네가 신고한 장필승이니?"

"네. 저 아줌마가 저 형을 납치해서 여기에 감금했어요. 저 끈으로 형을 묶어놓고 있었다구요."

다행이다. 경찰이 왔으니 모든 게 다 해결될 거다. 일단 형을 병원으로 옮겨달라고 부탁해야겠다. 다친 데가 있을 수도 있으니까.

"그게 무슨 소리야?"

형이 의자에서 벌떡 일어나며 손사래를 친다.

"뭔가 오해들을 하신 거 같은데 납치 감금이라뇨. 그런 거 아니에요."

경찰아저씨가 나와 형을 번갈아가며 바라본다.

"고모와 말다툼하는 걸 보고 필승이가 오해를 했나 봐요. 조카인 제가 고모에게 대들면 안 되는 거였는데, 정말 죄송합니다. 고모, 미안해요."

형이 경찰아저씨들에게 허리를 숙이고 고개를 조아리며 사과를 한다.

"오호호호. 미안하긴. 어른인 내가 참았어야 했는데. 이거 상황이 좀 민망하게 되었네요. 아, 주스라도 한 잔씩 하고 가세요."

아줌마가 주방의 냉장고로 가서 오렌지 주스를 꺼내온다.

"너, 경찰서에 장난전화하면 감옥 간다!"

경찰아저씨가 내 머리에 콩 쥐어박으며 으름장을 놓는다. 형은 대체 왜 저런 거짓말을 하는 거야. 분명히 보았다. 의자에 묶여 옴짝달싹 못하고 있는 형을!

"거짓말이 아니에요! 형이 저 의자에 묶여 있었단 말이에요! 그리고 저 아줌마, 저번에 경찰들이 잡아가놓고 왜 벌써 풀어준 거예요? 나쁜 짓을 했으면 벌을 받아야 하잖아요!"

"그게 무슨 소리니?"

경찰이 주스 컵을 내려놓으며 내 말에 관심을 기울인다.

"나한테 피를 먹였잖아요!"

"피? 지금 피라고 했니? 피를 먹였다고?"

경찰이 황당한 얼굴로 마주 본다.

"장필승!"

뒷문이 또 발칵 열린다. 이번엔 전봇대가 뛰어 들어온다.

"야, 너 정말!"

전봇대가 짜증스러운 얼굴로 내 발을 콱 밟는다.

"아! 아파! 넌 여기 웬일이야, 대체!"

전봇대는 발을 동동 구르며 안절부절못한다.

"어쩌지……. 어쩌지……. 어떡하면 좋아……."

곧 울음을 터트릴 것 같은 얼굴을 한 전봇대가 창밖을 흘끔흘끔 쳐다보며 초조해한다.

"아, 이러다 일 나겠네. 이렇게 될 줄 알았어. 골치야. 어쩔 수 없어. 그래, 어쩔 수 없는 거야."

혼자 중얼대던 전봇대가 경찰아저씨들 앞에 공손히 손을 모으고 이마가 바닥에 닿도록 꾸벅 머리를 숙인다.

"죄송합니다. 정말 죄송합니다."

경찰아저씨들이 영문을 모르겠단 얼굴로 전봇대를 바라본다. 전봇대가 경찰아저씨들을 향해 두 손을 뻗는다. 엄지손가락으로 목덜미를 지그시 누르자 경찰아저씨들이 동시에 눈을 스르륵 감으며 바닥에 쿵 쓰러진다. 전봇대가 안도의 한숨을 내쉰다.

"죽……었어?"

전봇대에게서 한 발짝 떨어진다.

"미쳤어? 누구 인생을 망치려고. 잠깐 기절한 거야. 네 나불대는 입 덕분에!"

다행이다. 아니, 다행이 아니지. 이제 저 사기꾼 아줌마를 우리 둘이서 어떻게 감당해내려고. 전봇대가 미쳐도 단단히 미쳤나 보다. 다시 경찰에 전화를 해야 한다.

"아무 일 없을 테니까 걱정 마. 넌 애가 왜 이렇게 성급해? 경찰에 신고해도 될 일이 있고 안 될 일이 있지! 너 때문에 큰일 날 뻔했잖아."

전봇대가 날치알처럼 톡톡 쏘아대는 통에 아무 대꾸도 할 수가 없다. 황당하다. 지금 화내야 할 사람이 누군데.

"너였구나? 그래, 뭔가 이상하다 했어. 네가 머리 자르러 왔다 갔다 할 때 눈치챘다면 이 지경까진 되지 않았을 거야. 휴. 누굴 탓해?"

아줌마가 팔짱을 끼고서 호기심 가득한 눈으로 전봇대를 쳐다본다.

"꼭 이렇게까지 했어야 됐어요? 안 그래도 할 일이 산더미라 정신없는데!"

허리에 손을 올리고 삐딱하게 선 전봇대는 눈 하나 깜짝 않고 아줌마에게 얼굴을 들이민다.

"자, 어서 날 데리고 가. 어서! 뭐해? 그러려고 온 거 아니야? 자, 어서 날 그들에게 데려다줘. 어서!"

형을 묶었던 끈을 주워든 아줌마가 수갑을 채우듯 자신의 팔목에 끈을 칭칭 감는다.

"고모! 제발 이러지 마!"

고모? 정말 고모와 조카 사이란 말이야? 말도 안 돼. 형이 달려와 아줌마의 팔목에 감긴 끈을 도로 풀어낸다.

"정신 좀 차려! 우리 그냥 행복하게 살자! 내가 잘할게. 응?"

"이대로 난 행복할 수 없어. 그건 너도 잘 알잖아."

아줌마가 전봇대의 등을 떠민다.

"자, 어서 가. 나를 그들에게 데리고 가. 나머지는 내가 다 알아서 할 테니까."

"그들이란 건 없어요. 망상에서 나와요. 아줌마는 지금 너무 위험해요."

"없긴 왜 없어! 저번에 나를 재 가족들한테서 떼어낸 게 그들이잖아! 어서 나를 뱀파이어의 수장에게 데리고 가란 말이야! 시간이 없어. 하루빨리 뱀파이어가 되어야 한단 말이야!"

아줌마가 손가락으로 나를 콕 집으며 분노에 찬 목소리로 소리를 지른다. 아줌마와 전봇대가 나누는 대화를 좀처럼 이해할 수가 없다.

"아줌마가 뱀파이어잖아요. 대체 무슨 말들을 하는 거야. 전봇대 넌 이해 못하겠지만 저 아줌마, 뱀파이어야."

전봇대가 한숨을 내쉬며 고개를 젓는다.

"아줌마는 뱀파이어가 아니야. 그냥 '사람'이라구. 아주 평범한 '사람'!"

아줌마가 손바닥으로 귀를 틀어막는다.

"제발! 나를 뱀파이어로 만들어줘. 어려운 일 아니잖아. 나 같은 거 하나 더 뱀파이어가 된다고 해서 달라지는 것도 없잖아."

"뱀파이어가 될 수 있는 방법은 없어요."

전봇대가 단호하게 말한다.

"없긴 왜 없어. 너도 봤잖아. 내가 뱀파이어가 되어버린 거."

아줌마의 편을 들려고 나선 건 아니다. 그저 이 공간에 뱀파이어가 둘이나 있는데 겁도 없이 대드는 전봇대를 구해주려 한 것뿐이다.

"아니야. 넌 변하지 않았어."

전봇대가 확신에 차서 말한다.

"학생, 대체 아까부터 무슨 소릴 하는 거야. 설마 내 말을 믿은 건 아니지? 제발 방해하지 말고 입 좀 다물고 있을래? 그 집 사람들 참 순진하네. 하긴 그렇게 순진하니 거기까지 와서 내가 준 피를 들고 있었지."

아줌마는 더는 끼어들지 말란 눈초리로 쳐다본다.

"난 뱀파이어가 되었다구요!"

"그럴 리 없어. 그건 피가 아니니까. 세상에 빨간 열매란 열매를 모두 모아 만든 주스라고, 이 멍청아! 뱀파이어는 뱀파이어의 수장의 피를 마셔야만 뱀파이어가 될 수 있어."

"근데 나한테 열쇠는 왜 준 거예요? 내가 뱀파이어가 되었다고 생각해서 준 거 아니에요?"

"아, 그건 그냥 좀 미안해서. 내 일에 너희 가족을 이용한 게. 난 뱀파이어들을 따라가야 해서 이것저것 설명해줄 시간이 없을 거라, 열쇠를 주면 알아서 유리병을 찾아 그게 피가 아니라 과일즙이란 걸 알아낼 거라 생각했지. 정말로 뱀파이어의 피라고 오해하게 두면 좀 미안하니까."

이마가 지끈거린다. 아무래도 햇볕에 너무 노출되었나 보다. 이것 봐. 햇빛을 받으면 살이 타들어가는 것 같고 속도 자꾸 울렁거리는데.

"휴, 안 되겠네요. 오늘 밤 끝장을 봅시다. 지금은 안 돼요. 다들 바쁘거든요. 밤 9시, 헤어살롱으로 오세요. 만나게 해드릴게요. 그리고 장필승, 너도 와. 아무래도 너도 제정신은 아닌 거 같으니까. 거기 얼빠진 오빠, 오빠도 오세요. 오빠 고모라면서요. 책임지셔야죠. 우린 책임 못 져요."

형이 고개를 끄덕인다.

"정말이지? 정말 만나게 해줄 거지?"

아줌마의 목소리가 달뜬다.

"아, 그렇다니까요. 왜 이렇게 안 와?"

전봇대가 문밖을 기웃거린다.

"아! 여기요, 여기!"

까만 양복을 입은 남자 셋이 뛰어온다.

"이분들 좀 제자리로 데려다 놓으세요."

남자들은 말없이 경찰을 들쳐 업고 파란 코끼리를 빠져나간다.

"저분들, 경찰 아니었어?"

"뭐, 그 비슷한 거야. 좀 있다 보자."

전봇대가 손을 까딱 흔들고 남자들을 뒤따른다. 정신이 하나도 없다. 누구의 말이 맞고 누구의 말이 틀린지 모르겠다. 그나저나 전봇대, 넌 정체가 뭐냐. 내가 뱀파이어가 되었다는 사실만 강조하느라 아무것도 물어보지 못했다. 오늘 밤 헤어살롱에 꼭 다시 가야겠다. 절대 다시 가고 싶지 않은 곳이지만 어쩔 수 없다. 풀어야 할 이야기들이 너무 많다.

"고모는 들어가 좀 쉬세요."

"네가 나 때문에 고생 많았지? 이젠 다 끝났어. 드디어 내가 뱀파이어가 된대! 아차차, 내가 이러고 있을 때가 아니지. 오늘이 어떤 날인데. 내가 다시 태어나는 날 아니야. 집에 가서 케이크를 좀 구워야겠어. 파티를 해야지."

아줌마는 망토에서 주섬주섬 선글라스와 모자를 꺼내어 햇빛을 맞을 준비를 한다. 뱀파이어도 아니라면서 왜 저렇게 햇빛을 피하는 거지. 아니, 뱀파이어도 아니면서 어떻게 뱀파이어 같은 얼굴을 가진 거지.

"학생! 학생 덕이 크네. 별 기대 안 했는데. 정말 고마워! 내가 뱀파이어가 되면 한턱 톡톡히 쏠게! 안녕!"

콧노래를 부르며 사라지는 아줌마의 뒷모습을 넋을 놓고 바라본다. 누가 설명이나 좀 해주면 좋으련만. 그래서 나는 뱀파이어란 말이야, 아니란 말이야?

오래된 이야기

"형."

"응."

"파란 코끼리를 찾으러 간 줄 알았어요."

"그러려고 했지. 짐까지 쌌는걸."

"정말로 새해 전엔 돌아오려고 했어요?"

"그럼. 그래서 메리 크리스마스까지만 써 붙여놨잖아."

"근데 왜 안 갔어요?"

"못 간 거지."

"아줌마 때문에요?"

"응."

"정말 고모예요?"

"응. 우리 고모 피부가 참 곱지?"

"하얘요."

"특별하지."

"그거 알아요?"

"뭐?"

"우리 누나 파란 코끼리 찾으러 갔어요."

"뭐?"

"배낭 메고 떠났어요."

"파란 코끼리가 맘에 들었나 보네."

"진짜 코끼리를 찾으러 간 게 아니라 형을 찾으러 간 거예요."

"날? 왜?"

"커피 때문에요."

"내가 내린 커피가 아니면 입에도 대지 않지?"

"까다로워요."

"취향인 거야."

"내 취향은 아니에요."

"너도 네 취향을 찾게 되겠지."

"네 누나가 파란 코끼리를 만나게 될까?"

"형은 여기 있잖아요."

"나 말고. 진짜 파란 코끼리."

"글쎄요. 만나고 오면 좋겠어요."

"나도."

"형."

"응."

"누나가 돌아오면 진한 커피 한 잔 내려주세요."

"알았어."

"공짜로."

"알았어."

"형 때문에 휴학까지 하고 떠난 거예요."

"알았어."

"형."

"응."

"왜 경찰 앞에서 거짓말 했어요? 아줌마가 형을 묶어서 가둬놓은 거 맞잖아요."

"맞아. 그랬어. 아깐 미안했어. 곤란한 상황은 만들고 싶지가 않았거든."

"아줌마는 정말로 뱀파이어가 아니에요?"

"뱀파이어가 정말 있을까?"

"없어요?"

"글쎄. 난 본 적이 없어서 확실히 있다 없다 대답은 못하겠네."

"난 내가 정말 뱀파이어가 된 줄 알았어요. 친구의 목을 물 뻔했어요."

"근데 이젠 뱀파이어가 아닌 거 같아?"

"제가 마신 건 그냥 주스였다면서요."

"그래. 크크."

"웃지 마요. 난 심각하니까."

"그래. 미안. 크크."

"이상한 주스는 아니겠죠? 아팠어요. 지금도 좀 아파요."

"병원 꼭 가봐. 알겠지?"

"형."

"응."

"그럼 나 뱀파이어가 아닌 거 맞죠?"

"그렇다니까 그런 거겠지?"

"아줌마가 정말로 뱀파이어가 아닌 거 맞죠?"

"응. 그건 형이 장담해."

"고마워요."

"하하. 뭐가 고마워."

"대학도 못 가보고 숨어 살아야 하는지 알았어요."

"대학에 가면 뭘 하고 싶은데?"

"그냥, 대학에 가고 싶어요. 대학생이 되어보고 싶어요. 그냥, 그것뿐이에요. 내가 이상한 거예요?"

"아니. 나도 그런 이유로 대학에 갔는걸."

"꿈이 없는 건 숨 쉬지 않고 사는 거랑 같은 거래요."

"누가 그래?"

"TV에서요."

"꿈이란 건 그렇게 거창한 게 아니야. 가슴을 뛰게 하는 거라면 뭐든지 꿈이라고 할 수 있어."

"가슴을 뛰게 하는 게 없는데요?"

"대학에 가서 캠퍼스를 거닐 생각을 해도 가슴이 뛰지 않아?"

"조금요. 조금 뛰긴 해요."

"그럼 그것도 꿈인 거야. 눈을 감고 상상해봐. 널 가슴 뛰게 만드는 캠퍼스는 어떤 모습이니?"

"푸르러요. 온통 연두색이에요."

"봄을 닮았구나."

"가슴이 뛰어요."

"거봐. 너도 꿈이 있잖아."

"고마워요, 형."

"하하. 뭐가 자꾸 고마워."

"형. 같이 가줄 거죠? 헤어살롱에."

"가야지."

"전봇대가, 아니 아까 그 여자애가 정말로 뱀파이어를 데리고 올까요?"

"흠, 글쎄다. 그러지 않았으면 좋겠는데."

"나도요. 뱀파이어라면 지긋지긋해요."

"고모를 용서해. 내가 대신 사과할게."

"뱀파이어가 된 게 아니라면 다 용서할 수 있어요."

"고맙다. 이해해줘서. 고모는 마음이 병든 사람이야."

"마음이 병든 게 뭔데요?"

"마음에 멍이 든 거지. 사람들 때문에."

"누가 그랬는데요?"

"아주 오래된 이야긴데."

"괜찮아요. 듣고 싶어요."

"백색증이라고 아니?"

"백색증이요?"

"색깔이 없는 병이야."

"아줌마처럼요?"

"응. 고모는 백색증이야. 그래서 얼굴도 하얗고 머리카락도 색을 잃어버렸지. 눈동자 색깔도 보통 사람들과 다르고."

"아픈 거예요?"

"불편한 거지. 햇빛에 약하거든. 뱀파이어처럼."

"너희 학교에도 왕따가 있니?"

"사실은……, 제가 왕따예요."

"네가?"

"그런 거 같아요. 학교에 친구가 없어요."

"너처럼 좋은 애가 왜 친구가 없을까?"

"너무 잘나서 그렇죠 뭐. 하지만 난 괜찮아요. 익숙하거든요."

"외롭지 않아?"

"가끔."

"친구를 만들어봐."

"나랑 어울리고 싶지 않을 거예요. 제가 좀 재수 없는 스타일이잖아요. 얼굴 잘생겨 공부 잘해 성격도 좋아. 내가 애들이라도 나랑 친구는 안 할 거예요."

"네가 그렇게 벽을 치니까 친구들이 못 다가오는 거야."

"나랑 친해지고 싶은 애들이 있을까요?"

"그럼. 일단 마음에 쌓아놓은 그 벽을 부숴봐. 밑져야 본전이지. 돈 드는 것도 아닌데."

"그럴까요?"

"응."

"해볼게요."

"있잖아, 고모도 학교 다닐 때 왕따를 당했었대."

"왜요?"

"특별한 외모 때문이지. 상처를 많이 받았나 봐. 그때 마음에 멍이 든 거야. 영원히 없어지지 않을 멍이."

"아줌마는 왜 뱀파이어가 되고 싶은 걸까요?"

"뱀파이어가 되면 고모의 특별한 외모는 더 이상 특별하지 않을 거라 생각하니까. 고모를 괴롭혔던 친구들이 고모를 뱀파이어라고 불렀었나 봐. 그 별명이 끔찍이도 싫었었대."
"그런데도 뱀파이어가 되고 싶대요?"
"평범해지고 싶대. 뱀파이어들 사이에 끼어 있으면 고모는 평범해질 거니까."
"아줌마 말이 요즘은 뱀파이어들도 평범한 사람 같다던데요?"
"그건 아무도 모르는 거야. 고모도 진짜 뱀파이어는 본 적이 없으니까. 뱀파이어가 진짜로 있다는 얘기만 들은 거니까."
"그런 얘긴 어디서 들은 거래요?"
"고모를 왕따 시켰던 친구. 그 친구가 어디서 그런 얘길 들었대. 지금은 그 친구랑 친하게 지내나 봐. 이십 년이 지나고서 사과를 했대. 미안했다고."
"용서가 될까요?"
"외로웠으니까. 고모도 친구가 필요했던 거야."
"그런데 왜 우리 가족에게 거짓말을 했을까요? 엄마는 아줌마를 철석같이 믿었다구요."
"그래야 뱀파이어들이 찾아올 거라 믿었으니까. 그리고 정말로 누군가 찾아왔고. 너희 가족이 이 동네에선 좀 유명하잖니. 무슨 일이 나도 소문나기 쉽지. 넌 어떻게 생각하니? 그들이 진짜 뱀파이어였을까?"
"그럴 리가요."
"궁금하긴 하지? 세상의 모든 일을 내가 다 알 순 없는 거니까.

어쩌면 우린 오늘 세상의 일 한 가지를 더 알게 되겠지?"

"그럴 리가 없잖아요."

"고모 친구가 뱀파이어 얘길 해준 뒤로 고모는 뱀파이어와 만날 수 있는 온갖 방법을 생각해냈어. 만나는 사람마다 자기가 뱀파이어라고 떠벌려도 보고 밤마다 목덜미를 드러내놓고 방황하기도 해 보고. 유명한 뱀파이어 영화 있지? 그 주인공을 만나러 미국에까지 다녀왔나 봐. 혹시나 그가 진짜 뱀파이어가 아닐까 하는 희망으로. 그래도 뱀파이어들이 찾아오질 않자 너희 가족을 이용하기로 한 거야. 뱀파이어가 되게 해주겠다며 소동을 일으키면 그들이 찾아오지 않을까 하는 기대로."

"계획대로라면 아줌마는 결국 뱀파이어가 되겠네요."

"고모와 연락을 나눈 지 꽤 오래되어서 나도 고모가 그런 일을 하고 다니는지 몰랐어. 네가 가게에 와서 자기가 뱀파이어라고 말하고 다니는 이상한 아줌마가 있다고 얘기했을 때, 그 이상한 아줌마가 고모가 아닐까 짐작한 거야. 그날부터 고모를 몰래 따라다녔어. 혹시나 위험해질까 봐. 고모는 마음이 아픈 사람이니까."

"이제 어쩔 거예요?"

"지켜볼 거야. 이젠 끼어들지 않기로 했어. 고모가 도움을 필요로 할 때만 손을 내밀 거야."

"판단이 흐려졌을 수도 있잖아요. 우리 엄마가 아줌마를 맹신했을 때처럼."

"그날, 너희 가족이 미용실에 찾아온 날, 아까 그 남자들이 고모를 어디론가 데리고 가려고 하기에 내가 막아섰거든. 고모가 그 남자들을 따라가고 싶어 하는 마음은 깡그리 무시한 채. 남자들에게서 고모를 구출하면 고모가 행복해할 줄 알았어. 고맙다, 우리 조카 아니었음 큰일 날 뻔했네. 그렇게 말해줄 거라 믿었는데 고모는 내가 일을 모두 망쳤다고 말했어. 나만 아니었으면 뱀파이어를 만났을 거래. 더 이상 방해하지 말라며 나를 여기에 묶었지. 고모 말이 맞아. 내가 모두 망친 거야."

"전봇대가 데리고 올 사람이 진짜 뱀파이어일까요?"

"가보면 알겠지?"

"그 사람이 아줌마를 물어버리면요?"

"고모의 선택이니까."

"뱀파이어가 되어버린대도?"

"고모가 행복하다면 그걸로 됐어."

"정말?"

"고모를 위한 일이라면 뭐든지 했어. 그런데 그건 고모가 행복한 길이 아니었어. 내가 행복하기 위한 일이었지. 고모가 행복해질 수 있다면 이젠 방해하지 않을 거야."

"형은 참 알다가도 모를 사람이네."

"근데 넌 아까부터 왜 자꾸 반말이냐?"

"내가 그랬나? 아닌데?"

"이봐. 이러다 내 머리꼭대기에 앉아 사장 노릇 하겠다, 너?"

"헤헤. 그럴 리가."

"이래도 좋고, 저래도 좋고, 네가 행복하다면."

"형."

"응."

"우리 누나는 어디서 뭘 하고 있을까요?"

"아마도……, 나 같은 건 까맣게 잊고 즐거운 여행 중일 거야."

"각오하는 게 좋을 거예요. 우리 누나 성질 알죠?"

"커피 한 잔 내려주지 뭐. 맛있게."

"그럼 되겠네요. 누난 파란 코끼리를 좋아하니까요."

미리, 메리 크리스마스

1반 반장 엄마가 본다면 까무러칠 일이지만 나는 파란 코끼리의 영업 준비를 돕고 있다. 흐트러진 의자들을 정리하고 바닥의 먼지를 닦아낸다. 고3이 이래도 되는 거냐고 묻지 마시길. 잠깐 방황의 시간을 거치긴 했지만 나는 장필승이다. 얼굴도 완벽, 몸매도 완벽, 성격도 완벽, 게다가 공부까지 완벽한 장필승. 며칠 방황했다고 내 성적이 크게 좌지우지되지는 않을 거다. 남들 눈엔 별로 열심히 하지 않은 것처럼 보일지 몰라도 책상 앞에 앉아 있는 동안만큼은 눈이 빠져라 공부만 했으니까.

"이거 나 가져도 돼요?"

개인사정으로 당분간 문을 닫습니다. ㅠㅠ

미리, 메리 크리스마스! ^^

형이 정성스레 써놓은 종이를 떼어 가방에 집어넣는다. 누나의 방문에 붙여둘 작정이다. 누나는 주인 없는 빈방에 다른 사람이 들어가는 걸 질색하니까.

"대신 이것 좀 붙여줄래?"

개인사정으로 예정보다 일찍 돌아왔습니다.
미리, 메리 크리스마스! ^^

"그새 모두 파란 코끼리를 잊은 건 아니겠지?"

"그럴 리 없어요. 파란 코끼리를 찾아 떠난 누나도 있는걸요."

형이 머리를 긁적이며 멋쩍게 웃는다. 9시가 다 되어간다. 아직 다 끝나지 않았다. 오늘이 지나면 아줌마는 소원대로 뱀파이어가 될지도 모른다. 아줌마의 행복을 위해서라니 형의 옆에 서서 아줌마의 선택을 가만히 지켜보기만 할 거다. 전봇대의 정체도 알아야겠다. 눈곱만큼의 관심도 없는 전봇대의 정체는 알아도 그만 몰라도 그만이지만 아빠와 전봇대가 아는 사이니만큼 전봇대가 뭐하는 사람인지 확실히 알아야겠다. 내일부터 파란 코끼리의 문은 평소처럼 활짝 열려 있을 것이다. 누나가 돌아오면 무척이나 기뻐할 것 같다.

형과 나란히 걸어간다. 부쩍 싸늘해진 밤공기가 좋다. 겨울이 오는 게 반갑다. 겨울이 지나면 봄이 올 테니. 봄이 오면 여름이 올 테니. 여름이 지나면 가을이 올 테니. 다음 겨울이 올 때쯤 난 어디에서 무엇을 하고 있을까. 어느 대학 강의실 창가에 앉아 쏟아지는 햇볕을 쬐고 있을 내 모습이 상상되긴 하지만 사람의 인생이란 알다가도 모르는 거니까. 누나가 올겨울을 아프리카에서 지내게 될 줄은 아무도 몰랐듯이. 가슴이 뛴다. 내일 일을 모른다는 것이 이리도 매력적인지 몰랐다. 나의 내일이 내 가슴을 뛰게 한다.

박순분 헤어살롱 앞에 도착했다. 반쯤 기울어져 간판을 가리고 있던 가로수는 댕강 잘려나가고 없다.

"어서 오세요옹~."

주인아줌마는 문 쪽은 쳐다보지도 않고 콧소리를 내며 인사부터 한다. 여고생의 앞머리를 부여잡고 이리저리 자르느라 정신이 없다. 여자애의 얼굴은 평범하다. 아무리 잘라도 만족을 못하겠지. 헤어의 완성은 '얼굴'이니까. 저 아줌마가 아무렇게나 머리카락을 난도질해놔도 내 얼굴은 멋스럽게 소화해낼 수 있을 텐데. 저 여자애, 사는 게 좀 피곤할 거다.

"어? 학생, 오랜만이네?"

아줌마가 아니다.

평범한 여자애의 앞머리를 이리저리 자르고 있는 사람은 애란엄마였다. 뱀파이어의 흔적은 깨끗이 치워지고 처음 미용실 문을 열었던 그날처럼 돌아와 있다.

"머리가 많이 길었네. 또 온다더니 왜 한 번도 안 온 거야. 커트할 거지? 잠깐만 기다려. 오호호호. 오늘 내 손이 호강하겠네."

애란엄마는 꼭 아줌마처럼 말한다. 어울리지 않게 콧소리를 내며 가위질을 한다.

"자, 여학생은 그만하자. 벌써 몇 번이나 다시 잘랐다구. 이만하면 됐잖아?"

애란엄마는 평범한 얼굴의 여자애를 급하게 일으켜 세운다.

"아, 여기가 좀 비뚤잖아요."

여자애가 칭얼대지만 애란엄마는 어림도 없다는 표정을 짓는다.

"팔천 원."

여자애는 흘금흘금 나를 쳐다보며 못 이기는 척 돈을 낸다.

"거기서 뭐해? 볼일 다 봤으면 얼른 가봐. 엄마 걱정하시잖니."

애란엄마가 느릿느릿 외투를 챙겨 입는 여자애의 등을 떠민다. 늦은 시간이라 그런지 미용실 안에 다른 손님은 없다. 미용사도 아닌 사람이 돈을 받고 사람들의 머리를 잘라줘도 되는 건가?

"여기서 뭐하시는 거예요? 왜 아줌마가 머릴 잘라요? 여기 주인 아줌마 어디 가셨어요?"

"무슨 소릴 하는 거야, 학생. 내가 여기 주인인데."

"네?"

애란엄마가 바닥에 떨어진 머리카락을 빗자루로 쓸고 가위를 정리한다.

"애란엄마!"

웬 아줌마가 헤어살롱 문을 발칵 열고 들어온다.

"아이쿠, 미안해서 어떡해? 오늘은 이만 문 닫으려고 그러는데. 오늘이 우리 애란이 생일이거든. 내일 다시 와. 응? 미안해요옹~."

애란엄마의 콧소리가 더욱 심해지자 아줌마가 인상을 찌푸리며 나간다. 아무래도 박순분 헤어살롱은 방금 손님 하나를 잃은 것 같은데 아줌마는 이 사실을 알고나 있을는지.

"자, 앉아. 어떻게 잘라줘? 아니, 그럴 게 아니라 나 믿고 머릴 맡겨주면 안 되나? 내가 정말 멋들어지게 잘라줄게."

애란엄마는 손에 쥔 가위를 허공에 흔들어 보인다.

"아줌마는 그냥, 애란엄마잖아요. 여기 주인이 아니라……."

너무나 당당한 애란엄마의 태도에 기가 죽는다.

"무슨 소리야. 여긴 내가 십 년째 운영하는 곳인데."

"아줌마는 박순분이 아니잖아요."

"무슨 소리야. 내 이름이 박순분인데."

애란엄마가 가위를 허리에 두른 앞치마에 찔러 넣는다.

"형! 아니잖아. 형 고모 이름이 박순분이잖아."

형이 영문을 모르겠단 얼굴로 나를 쳐다본다.

"아니야. 고모 이름은 그게 아니야."

"아니야?"

형이 고개를 끄덕인다.

"그럼 저번에 왔을 때 내 머리를 왜 그 아줌마가 자른 거예요? 아줌마는 여기 앉아서 파마하고 있었잖아요."

"아, 그땐 파마할 때가 다 되어서. 학생 머리 잘라준 아줌마는 내 오랜 친구. 자격증이 있다기에 나 파마할 동안 손님 좀 받으라 했지 뭐. 학생이 오해했었구나?"

아줌마도 참 웃긴다. 여기 주인도 아니면서 자기가 헤어살롱 주인인 양 굴었잖아. 아줌마의 사연이 어찌 됐든 정말 심각히도 나를 속였다. 경찰, 아니 검정 양복의 남자 말대로 사기꾼이 틀림없다. 분하다. 아줌마에게 속은 것이 한둘이 아니다. 형을 봐서 참아야지, 참아야지, 속으로 되뇐다. 나는 형이 좋고 누나는 형의 커피 없이 살 수 없으니까.

무표정한 얼굴의 전봇대가 문을 열고 들어온다. 알은체하는 내 옆을 쌩하니 지나가 애란엄마 앞에 선다.

"아줌마죠?"

"뭐가."

"이상한 소문 퍼트린 거요."

"뭔 소문?"

"뱀파이어가 어쩌고저쩌고."

전봇대가 팔짱을 끼고 애란엄마를 흘겨본다.

"사실이잖아."

"휴."

전봇대는 말을 잇지 않고 소파에 가 털썩 앉는다. 손목에 찬 시계를 내려다보다 슬쩍 눈을 감는다.

"어머, 내가 너무 늦었지? 다들 와 있었네. 애란엄마, 오늘 많이 바빴지? 미안해. 내가 좀 도왔어야 했는데 케이크를 만들어야 해서. 모두가 알다시피 오늘 내가 다시 태어나는 날이잖아."

케이크를 들고 들어선 아줌마의 얼굴이 들떠 보인다.

"그럼. 감격적인 날이지."

케이크를 내려놓고 두 손을 마주 잡은 아줌마와 애란엄마의 눈에 눈물이 가득 고인다. 뱀파이어가 정말 있다면 아줌마는 기꺼이 평범한 인간의 삶을 포기할 모양이다. 근데 애란엄마는 대체 왜 우는 거야. 소매로 눈물을 훔치는 아줌마들을 바라보며 지난 며칠간 뱀파이어가 되었다고 착각하며 지낸 내 모습을 떠올린다. 정말 끔찍했다. 사람들을 피해 다니느라 정상적인 생활을 할 수가 없었다. 그 덕에 1반 반장은 전교 1등의 추억을 가지고 학교를 졸업할 수 있게 되었지만. 뱀파이어가 되어버린 게 아니라서 얼마나 다행인지 모른다. 나야말로 오늘 다시 태어난 것만 같은 기분이다.

"그나저나 거기 여학생, 왜 혼자야?"

아줌마가 전봇대를 가리킨다.

"곧 오실 거예요!"

"그래?"

전봇대의 사뭇 짜증스러운 말투에도 아랑곳 않고 아줌마는 연신 웃고 울기만 반복한다. 전봇대 옆에 털썩 앉는 형의 얼굴이 많이 복잡해 보인다.

"오시네요!"

전봇대가 자리에서 벌떡 일어나며 미용실 문 앞에 선다. 수다스럽게 호들갑을 떨던 아줌마와 애란엄마도 입을 꼭 다물고 미용실 문을 뚫어져라 바라본다.

"안녕하세요."

한 남자가 미용실 안으로 들어온다. 인사를 꾸벅 예의바르게 하고 아줌마들에게 정중하게 말한다. 중후한 목소리, 훤칠한 키, 잘생긴 얼굴. 세상에 둘도 없을 완벽한 사람.

우리 아빠다.

"어머!"

놀란 건 나뿐이 아닌가 보다. 아줌마는 발까지 동동 구르며 아빠의 손을 덥석 잡는다.

"어머! 잘생긴 학생 아버지시잖아요. 어머, 정말, 웬일이니!"

아빠와 눈이 마주친다. 사람을 편안하게 만드는 미소, 나는 아빠의 웃는 얼굴을 참 좋아한다. 사람들은 내 웃는 얼굴이 아빠를 꼭 닮았다고들 했다. 그래서 나는 자주 웃었다. 그 미소가 사람을 얼마나 편하게 만들어주는지 알기 때문에. 아빠가 내 곁을 지나가며 어깨를 지그시 누른다. 아빠는 대체 뭐하는 사람일까. 왜 이런 일에 끼어들어 골치 아프게 사는 걸까. 시작은 나였다. 내가 이 미용실 문을 열지만 않았더라면 우리 가족이 이런 아줌마를 알게 될 일은 없었을 거다. 그러니까 모든 게 내 잘못인 거다.

"저한테 하실 말씀이 있다고 들었습니다."

아빠는 꽉 조인 넥타이 때문인지 조금 피곤해 보인다.

"잠시만요. 애란아! 이애란! 어서 나와!"

애란엄마가 아빠와 아줌마 사이를 가로막고 서서 미용실 구석에 있는 문을 향해 소리친다.

"아, 왜!"

한 여자애가 문을 발칵 열고 맨발로 뛰쳐나온다. 하얗다. 눈처럼 새하얗다. 빨간 눈동자가 반짝 빛난다. 백발에 가까운 머리칼이 윤기 있게 찰랑인다.

"인사해. 이분이 뱀파이어 수장님이셔. 널 뱀파이어로 만들어줄 거야. 얘가 제 딸 이애란이에요. 여러분들과 좀 다르게 생겨서 그렇지, 예쁘죠? 예뻐요. 다른 애들보다 훨씬 예쁘죠."

애란엄마가 꼭 집어 전봇대를 쳐다본다. 전봇대가 입술을 삐쭉 내밀며 싫은 표정을 짓는다.

"엄마! 왜 이래, 정말! 아, 미치겠네. 한 번만 더 이러면 나 집 나간다? 그리고 아저씨, 멀쩡하게 생기셔서 꼭 이런 짓까지 해야 해요? 사기꾼이라고 경찰에 신고할 거예요! 그리고 엄마, 난 이대로가 좋아. 엄마 걱정처럼 왕따 당하고 그렇지 않다고. 내가 친구가 얼마나 많은 줄 알아? 엄마가 학교까지 찾아와서 설레발만 치지 않으면 내 학교생활은 아무 문제 없다고! 아, 정말 짜증나! 엄마 때문에 진짜 짜증나!"

여자애가 아무렇게나 돌아다니는 슬리퍼를 주워 신고 밖으로 휙 나가버린다.

"이애란! 어디가! 빨리 안 와! 이게 어떻게 만든 기횐데!"

여자애를 쫓아가는 애란엄마를 전봇대가 막아 세운다.

"아줌마. 제가 쟤랑 같은 반이라서 아는데요, 쟤 왕따 아니거든요?"

"네가 뭘 알아! 애들이 우리 애란일 괴롭힐 거야. 예쁘니까. 특별하니까. 비켜. 우리 애란이 데리고 와야 해."

애란엄마가 손톱을 물어뜯으며 다리를 달달 떤다.

"이애란 괴롭히는 애들 아무도 없다구요! 아줌마가 학교에 자꾸 찾아와서 애들한테 이상한 소릴 하니까 애란이가 곤란해하잖아요."

"내가 뭘! 난 다 알아! 니들 나 없을 때 우리 애란이 괴롭히잖아! 내가 모를 줄 알아? 나도 다 겪어봐서 안다구. 그땐 얼마나 잔인하게 내 친구를 괴롭혔는데. 다르다는 이유로. 애란이를 저렇게 낳은 건 다 내가 죄를 지어서야. 내가 벌 받아야 하는데 우리 애란이가 아프게 태어났어. 미안해. 미안해. 내가 정말 잘못했어. 날 용서해줘."

애란엄마가 아줌마의 다리를 붙잡고 늘어진다. 시멘트 바닥에 애란엄마의 눈물이 고인다.

"괜찮아. 난 괜찮아. 친구사이에 용서할 게 뭐 있어. 그리고 네가 내 살길을 마련해줬잖아. 뱀파이어가 진짜로 있다는 사실을 알았을 때 얼마나 좋았는데. 처음으로 살고 싶단 생각을 했는걸."

아줌마가 애란엄마의 등을 토닥이며 위로한다.

"혹시……."

형의 소매를 놓았다 쥐며 묻자 형은 가만히 고개를 끄덕인다. 학교 다닐 때 지독한 괴롭힘을 당했다고 하더니 아줌마를 괴롭힌 사람이 바로 애란엄마였나 보다.

"선생님. 아니, 수장님. 우리 애란이 좀 뱀파이어로 만들어주세요. 아무도 괴롭히지 못하게 뱀파이어로 만들어주세요. 뱀파이어들은 다 우리 애란이처럼 생겼다면서요. 수장님은 왜 평범한 인간의 모습을 하고 있는지 모르겠지만, 무튼 우리 애란이도 뱀파이어들과 섞여 살면 평범하게 살 수 있잖아요. 제발 우리 애란이 좀 데려가주세요."

애란엄마가 이번엔 아빠의 바짓단을 붙잡고 늘어진다. 애란엄마는 아빠를 수장님이라고 부른다. 아빠가 뱀파이어라고 생각하나 보다. 아빠가 뱀파이어라니. 웃기지도 않은 소리들을 하고 있다.

"뱀파이어들 중 애란이와 같은 외모를 가진 사람은 없습니다. 현실을 받아들이세요. 애란이는 조금 특별하게 태어난 겁니다."

아빠가 애란엄마를 일으키며 정중하게 말한다.

"거짓말! 거짓말하지 말아요! 귀찮아서 그러는 거예요? 아니면 우리 애란이를 받아들이기 싫어서? 뭐든 다 할게요. 돈이 필요하다면 돈을 바치고 피가 필요하다면 원하는 만큼 구해다드릴게요. 그러니 제발……, 우리 애란이 좀 데려가달라구요!"

애란엄마가 아빠를 밀어내며 헤어살롱 간판이 떨어져라 고래고래 고함을 지른다.

"사람은 절대로 뱀파이어가 될 수 없어요. 뱀파이어의 피를 마시면 뱀파이어가 될 수 있다는 말은 거짓입니다. 그런 소문이 어디서 나왔나 싶어 진원지를 조사해봤더니, 바로 여기, 박순분 헤어살롱이더군요. 뱀파이어는 그냥 뱀파이어일 뿐입니다. 세상 곳곳에 흩어져 평범한 인간과 다를 바 없는 모습으로 살아가는 겁니다. 애란이처럼, 우리 뱀파이어들도 조금 특별하게 태어난 것일 뿐입니다. 제 말 뜻, 이해하시겠습니까?"

"이해 못하겠어! 아빠, 그게 무슨 말이야? 뱀파이어라니! 아빠가 뱀파이어야? 세상에 뱀파이어가 어디에 있어! 왜 저런 정신 나간 아줌마 말에 꼬박꼬박 대답을 해주고 있냐고!"

아빠가 언제나 단정하게 매어져 있던 넥타이를 조금 느슨하게 푼다. 밤샘 야근과 회식에도 힘든 티를 내지 않던 아빠가 오늘은 좀 지쳐 보인다. 주름이 많이 늘었다. 언제나 웃고 있어서 아빠도 늙어 간다는 걸 알아채지 못했다.

“아들. 우리는 집에 가면서 얘기할까? 지금은 해결해야 할 일이 많은 거 같구나.”

나마저 아빠의 목을 조를 순 없다. 사람들은 아빠를 뱀파이어라고 하지만, 아빠는 나에게 그냥 아빠일 뿐이다. 언제나 좋은 아빠. 세상에 둘도 없을 멋진 아빠. 우리 아빠…….

고개를 푹 숙인 채 부들부들 떨며 가만히 듣고만 있던 아줌마가 눈물콧물 범벅된 얼굴을 소매로 슥 닦으며 아빠 앞으로 한 발짝 다가온다.

“할 수 있잖아요.”

“없습니다.”

“피를 주세요. 당신의 피를.”

“그런다고 뱀파이어가 되는 건 아니에요.”

“그럼 정석대로 해요. 물어요. 날 물으란 말이에요! 영화에서 보면 다 그랬어요! 소설에서도 다 그랬어요!”

“그건 허구의 이야기일 뿐입니다.”

아빠는 냉정한 태도로 일관하며 아줌마의 흥분을 가라앉힌다.

“그럴 리가 없어요. 그럴 리가 없어. 난 뱀파이어가 되어야만 해요. 당신들은 뱀파이어로 태어났잖아요. 왜 난 내 삶을 선택할 수조차 없는 거죠? 이건 너무 불공평하잖아요.”

“나도 선택한 게 아니에요. 그저 나로 태어난 것뿐입니다. 그리고 받아들인 거예요. 나 자신을.”

아빠의 담담한 얼굴이 나는 너무 슬프다. 아빠의 얼굴에서 고된 세월을 지낸 지친 절망이 보인다. 그래서일까. 아줌마는 모든 걸 포기한 얼굴이다. 형이 아줌마 곁으로 다가와 어깨를 꼭 끌어안는다.

"괜찮아, 고모. 난 고모가 고모라서 좋아."

"그건 내가 네 고모라서 그래. 다른 사람들은 안 그렇단 말이야. 내가 얼마나 괴상하겠니."

망연자실한 아줌마는 기운 없는 목소리로 형의 어깨에 기댄다.

"포기하지 마! 거짓말하는 거야! 우리가 남들과 다르니까 끼어주기 싫은 것뿐이야! 너 이렇게 쉽게 포기할 거야? 난 포기 못해. 우리 애란일, 그렇게 쉽게 포기할 수 없어. 대학도 보내야 하고 시집도 보내야 해. 남들처럼 평범하게 살게 해주고 싶단 말이야."

애란엄마가 주저앉아 어린아이처럼 발버둥을 치며 엉엉 울음을 터트린다. 전봇대가 다가와 형처럼 애란엄마의 어깨를 꼭 끌어안는다.

"아줌마, 제가 애란이 친구예요. 한 번도 애란이를 이상하게 생각해본 적 없어요. 애란이는 그냥 애란이니까요."

아줌마가 만든 케이크는 하트모양이다. 가장자리가 빨간 딸기잼으로 예쁘게 장식되어 있고 그 위에 'HAPPY BIRTHDAY'라고 적힌 먹음직스러운 초콜릿이 올려져 있다. 빵집에서 파는 것처럼 완벽하진 않지만 투박하고 서툰 케이크는 사랑스럽게 보인다. 아빠가 내 어깨에 손을 올린다.

"우리도 이제 그만 갈까?"

아빠와 내가 헤어살롱을 떠나가지만 아무도 관심을 가지지 않는다.

내가 바로 '장필승'이다

낯선 곳에 혼자 남겨졌을 때 가장 낯설지 않은 것을 떠올리며 두려움을 이겨내곤 했다. 아빠, 엄마, 누나. 나와 가장 가까운 사람. 속속들이 다 알고 있는 사람. 밤하늘에 별이 선명하게 빛났던 건, 밤하늘의 별이 낯설었기 때문이랬다. 밤하늘에 별이 점점 희미해지는 건, 밤하늘과 별이 서로 가까워졌기 때문이랬다. 옛날처럼 밤하늘에 별이 콕콕 박혀 있지 않은 건, 어쩌면 환경오염 때문이 아니라 밤하늘과 별이 가족이 되었기 때문일지도 모른댔다. 아빠가 밤하늘이라면 나는 별이었다. 나는 충분히 빛나는 별이었지만 아빠의 가슴 깊숙한 곳에 박혀 땅과 아득히 멀어져 있었다. 얼마나 고요하고 평화롭고 아늑했는지. 좀 전에 내 별은 밤하늘 속에서 반짝하고 빛났는지도 모른다. 가장 낯설지 않았던 존재가 문득 낯설어졌다. 아빠가 멀게 느껴진다.

"오늘은 할아버지가 좀 보고 싶어지네. 아빠의 아빠 말이야. 우리 아빠……."

나도……, 라고 말하고 싶었다. 아빠가, 아빠가 아니게 된 것도 아닌데.

"할아버지가 바나나를 좋아했던 거 기억나니? 요놈 참 달구나, 자주 그러셨는데."

할아버지를 만나러 가는 길에 할아버지가 돌아가셨다는 전화를 받았다. 할아버지 집에 도착하기 10분 전이었다. 아빠는 하늘이 너무 맑으면 눈에 눈물이 고였다. 눈이 부셔서가 아니라 할아버지가 돌아가시던 그날이 생각나서다. 그날 하늘이 조금만 흐렸더라면 아빠와 나는 그렇게까지 느리게 걷진 않았겠지. 아빠 손에 들려 있던 바나나 한 다발도 주인을 잃지 않았겠지. 장례를 마치고 돌아왔을 때 할아버지의 입에 넣어드리지 못한 바나나 한 다발은 시커멓게 변해 있었다. 그 후로 아빠는 할아버지 얘길 한 번도 하지 않았는데 오늘은 자꾸 할아버지 얘길 꺼낸다.

"할아버지야말로 이 세상에 둘도 없을 로맨티스트였지. 할아버지가 너만 했을 땐 도깨비도 구미호도 당연히 존재할 거라 믿는 시대였단다. 할아버지는 한눈에 할머니에게 반해버렸어. 할머니가 할아버지보다 세 살 많았던 거 알지? 할아버지는 발바닥에 굳은살이 박이도록 할머니를 쫓아다녔지. 할머니는 오뚝이 같았다고 그러더구나. 넘어올 거 같으면서 안 넘어오고 넘어올 거 같으면서 안 넘어오고. 할아버지가 할머니를 쫓아다니는 걸 알고 네 증조할머니는 드러누웠다지. 그러니까 나의 할머니, 네 할아버지의 엄마 말이야. 증조할머니가 머리를 싸매고 결사반대한 게 할머니가 세 살 연상의 여인이었기 때문이기도 하지만 또 다른 이유가 하나 더 있었단다. 할머니가 도깨비란 소문이 있었기 때문이지. 밤만 되면 눈에서 빨간 불이 번쩍인다는 소문도, 머리카락 속에 숨겨둔 뿔이 있다는 소문도, 치마 속에 꼬리가 숨어 있다는 소문도, 별의별 말들이 다 나돌았지. 아무도 소문이 진실인지 확인하진 못했지만 소문이 진실이라 믿었어. 그 소문은 당연히 할아버지의 귀에도 들어갔단다. 할아버지는 어깨를 으쓱하며 한마디 내뱉을 뿐이었지. 그래서 어쩌라고. 할아버지는 들꽃을 꺾어 할머니 앞에 무릎을 꿇었어. 나와 결혼해주오! 할머니는 망설이다 비밀 하나를 털어놓았어. 사실 나는 뱀파이어예요. 그때 할아버지는 뱀파이어라는 말을 처음 들어보았단다. 할머니는 도깨비 비슷한, 사람의 피를 마시고 사는 존재라 설명했지. 그 말을 듣고 할아버지가 어떻게 했는지 아니? 도망갔을까? 그랬다면 내가 할아버지를 로맨티스트라 그랬을까. 할아버지는 할머니의 손을 덥석 잡았어. 하루 세 번, 아니 당신이 원할 때마다 내 피를 당신에게 주겠소! 밥도 많이 먹고 운동도 열심히 해서 건강한 피를 많이 만들어내겠소! 당신을 위해! 결국 할아버지는 할머니와 결혼을 했단다. 세상에 자식 이기는 부모가 어디에 있다니. 증조할머니도 허락을 하고 말았지. 그리고 이게 내가 뱀파이어이고 네가 뱀파이어인 이유란다."

할아버지가 얼마나 멋진 남자였는지 나는 기억한다. 할머니의 구두를 매일 닦아주던 모습, 할머니의 눈길이 닿는 곳마다 꽃을 놓아두던 모습, 할머니가 좋아하는 남자배우의 사진에 우스꽝스러운 낙서를 하던 모습. 그런 모습들이 차곡차곡 쌓여 더는 세상에 없는 할아버지가 우리의 마음속에 살아간다.

"엄마도 그랬어? 아빠한테 하루 세 번, 아니 아빠가 원할 때마다 피를 주겠다고?"

엄마라면 그러고도 남겠다고 생각했다. 엄마는 매일매일 대단한 사랑에 빠진 소녀처럼 보이니까.

"아니."

"아니야?"

"엄마는 몰라. 아무것도 모르지. 내가 얘기하지 않았으니까."

"엄마를 속이고 결혼한 거야? 그래도 되는 거야?"

"그러면 안 되는 거였을까?"

"당연하지!"

불쌍한 엄마. 그토록 되고 싶어 하던 뱀파이어가 이십 년도 넘게 함께 살아온 아빠였다는 사실을 알게 되면 얼마나 배신감을 느낄까.

"그게 그렇게 중요한 걸까? 그냥 한 여자가 나를 사랑했고, 내가 한 여자를 사랑했고, 그래서 가족이 되었고 그렇게 이십여 년을 살아왔는데, 그게 큰 잘못일까? 내가 뱀파이어인 게 잘못된 일일까? 맹세컨대 할머니도 아빠도 사람의 피를 탐한 적은 한 번도 없단다."

"뱀파이어는 피를 마셔야 하는 거 아니야?"

"편견을 버리고 세상을 바라보면 뱀파이어가 밥 먹는 모습도 보게 될 거야."

"뱀파이어는 뱀파이어잖아. 아빠가 잘못한 거야. 할머니가 잘못한 거야. 우리는 사람들과 떨어져 살았어야 해."

아빠가 피식 웃는다. 나는 심각해 죽겠는데. 역시 아빠는 사람이 아니었던 거다. 어쩐지 아빠 외모가 너무 비현실적이다 했다.

"사람이 아니긴 왜 아니야. 네 엄마도, 네 할아버지도, 사람인걸. 그러니까 우리도 얼마쯤은 사람인 거야. 어쩌면 뱀파이어보다 사람에 가까울지도 모르지. 할머니도 완전한 뱀파이어는 아니었거든. 할머니의 아버지만 뱀파이어였으니까. 그래서 우리는 피를 마시지 않아도 살아갈 수 있는 거야."

"하지만 난 명수를 물려고 했어. 순간이었지만 명수 피가 너무도 간절했었어."

"전봇대라고 그랬나? 전봇대가 아니라 지민이란다. 하지민. 지민이한테서 네가 명수에게 했던 일들을 모두 다 전해 들었단다. 어쩔 수 없잖아. 아주 조금이라 해도 우리 몸속에 뱀파이어의 피가 흐르는걸. 본능이 꿈틀거린 거라고 변명해둘까. 그런 표정 지을 거 없어.

이제부터 안 그러면 돼. 우린 사람이기도 하잖아. 내 의지로 나를 제어할 수 있는, 옳고 그른 게 뭔지 아는 사람. 다시는 그런 일이 또 일어나지 않을 거라 아빠가 장담해. 아빠 믿지?"

믿으면 안 되는데. 우리를 속였다는 배신감에 주먹을 불끈 쥐고 부르르 몸을 떨며 아빠 미워! 하고 뛰쳐나가야 할 타이밍인데 왜 고개를 끄덕이는 거야. 아빠는 정말 능력 있는 부장님인 게 틀림없다. 아빠 말을 믿고 싶다.

"호랑이도 제 말 하면 온다더니."

아빠가 반갑게 손 흔드는 곳엔 주머니에 손을 찔러 넣고 고개를 삐딱하게 젖힌 전봇대가 서 있다. 표정 한번 살벌하다. 전봇대처럼 평범하게 생겼단 말 취소다. 분명 학교에서 껌 좀 씹기로 유명할 거다. 아빠를 발견한 전봇대가 자세를 바로 고치더니 고개를 까딱하며 인사를 한다. 대충 예상은 가지만 이번에야말로 전봇대의 정체를 밝히고 말겠다.

"너! 다 알고 있었지!"

성큼성큼 걸어가 누나가 내게 그러듯 허리에 손을 올린다. 무시무시한 표정으로 전봇대를 노려보려는 찰나 전봇대가 쌩하니 내 곁을 스쳐지나간다.

"야, 야……, 너……."

허공에 울려 퍼지는 내 목소리가 초라하다. 나 같은 건 안중에도 없어 보인다. 전봇대는 아빠에게 다가가 뭐라 뭐라 얘기한다. 아, 자존심 상해. 사람이라면 저럴 순 없지. 내가 장필승인데. 전봇대도 필시 뱀파이어일 거다. 누나에게 전수받은 째려보기로 민망함에 붉어진 표정을 가려본다.

"어디 가서 다 같이 얘기 좀 할까?"

아빠의 고된 어깨가 내 어깨를 툭 친다. 아빠를 가운데 두고 한쪽엔 내가 한쪽엔 전봇대가 서서 나란히 걷는다.

"이런 날엔 시원한 맥주가 딱인데! 아쉽다. 어서 무럭무럭 자라라!"

아빠가 전봇대와 나를 번갈아 보며 피식 웃는다. 내가 참 좋아하는 아빠의 웃는 얼굴을 다시 보게 되어 다행이다. 아빠가 나 때문에 웃을 수 없게 될까 봐 두려웠나 보다. 웃는 얼굴이 저렇게나 멋진데.

"아쉬운 대로 저기라도 갈까?"

아빠의 손끝이 향한 곳에 파란 불빛을 뿜으며 고요히 자리를 지키고 있는 코끼리가 있다. 아쉬운 대로라니. 파란 코끼리를 찾아 아프리카로 떠난 누나가 들으면 노발대발할 소리다. 온통 낯선 것에 둘러싸여 있을 누나가 걱정되긴 하지만 아마도 잘 지내고 있을 거라 생각한다. 나의 누나이니까. 당당하고 예쁘고 착하기까지 한 나의 누나이니까. 문이 잠겨 있을 줄 알았는데 파란 코끼리 안에서 분주히 바닥을 쓸고 있는 형이 보인다.

"잠깐 실례해도 될까요? 다른 데 가서 얘기하긴 좀 그래서."

"아, 그럼요. 들어오세요."

형이 문을 활짝 열고 우리를 맞이한다. 아빠가 구석진 자리에 앉으며 입구에 어정쩡하게 서 있는 우리를 향해 손짓한다. 형은 문을 잠그고 '내일 만나요' 팻말을 내건다.

"앉아요. 어차피 알게 된 거, 궁금할 거 아니에요."

형이 옆 테이블에서 의자를 끌어와 우리와 함께 앉는다. 형의 얼굴이 지쳐 보인다. 할 수만 있다면 누나가 좋아하는 파란 코끼리 커피 한 잔을 진하게 내려주고 싶을 만큼.

"아줌마는요?"

"주무셔. 미안했다."

형은 또 미안하다고 말한다. 내가 더 많이 미안한데. 내가 진짜 뱀파이어여서 미안하기만 한데.

"넌 왜 자꾸 나 따라다니냐! 너 정체가 뭐야!"

괜히 가만히 있는 전봇대에다 대고 다짜고짜 짜증을 부린다. 형이 또 미안하다고 말할 거 같아서. 전봇대의 얼굴이 또 살벌하게 변한다.

"부장님, 제가 진짜 웃긴 얘기 하나 해드릴까요? 아무래도 아드님이 제가 절 좋아한다고 착각하고 있나 봐요. 왕자병에 도끼병이 엎친 것 같습니다."

"내, 내가, 언제!"

젠장. 버벅거리면 안되는데. 태연하게 받아쳤어야 했는데. 전봇대의 말이 아주 틀린 것만은 아니라 말이 꼬여버렸다. 왕자병에 도끼병이라니. 내가? 어이가 없다. 전봇대도 분명 나를 좋아했을 거다. 이런 꼴 저런 꼴 다 봐버렸기 때문에 정이 떨어진 것뿐일 거다. 어쩌면 지금도 아주 조금은 좋아하고 있을지도 모르지. 여자애들은 괜히 심술궂게 말하기도 하니까.

"하하. 아들, 진정해. 그러니깐 꼭 지민이 말이 맞는 거 같잖아."

"그런 거 아니거든!"

침착하자, 침착해. 코웃음 치며 한껏 비웃어줘야 하는데, 왜 이렇게 성질이 나지.

"지민이가 널 따라다닌 건 임무수행 중이었기 때문이야. 너도 대충 눈치챘겠지만 지민이도 뱀파이어의 피가 섞인 사람이란다. 너처럼 모르고 살 수도 있었는데 할아버지의 일기장을 몰래 보고 진실을 알게 되었지. 지민이 아버지는 아무것도 모르고 사셨다는구나. 그렇게 중요한 문제가 아니라면 알아도 그만 몰라도 그만인 거니까."

아빠의 말에 전봇대가 가만히 고개를 끄덕인다.

"뱀파이어의 피가 섞인 사람들이 모임을 가진 건 올해가 처음이야. 누군가 자신이 뱀파이어라고 주장하고 다닌다는 소문이 나돌았거든. 처음엔 좀 불안했지. 뱀파이어가 실재한다는 게 밝혀지면 사람들이 우리를 어떻게 할 건지 뻔했거든. 그리고 여태껏 자신이 뱀파이어라고 떠벌리고 다닌 뱀파이어들도 없었기 때문에 조사의 필요성을 느낀 거야. 건너건너 알게 된 뱀파이어들끼리 연락망을 만들어 '긴급회의'를 개최했어. 그렇게 곳곳에서 모인 뱀파이어가 수십 명 되더구나. 물론 세상엔 더 많은 뱀파이어들이 있다고 생각해. 그들 중 몇은 우리와 연락이 닿지 않았을 거고 또 몇은 자신의 몸속에 뱀파이어의 피가 섞여 있단 걸 모르는 걸 거야. 우리 중 누구도 완벽한 뱀파이어는 없었어. 뱀파이어보단 사람에 가까웠지. 삶은 영화보다 더 낭만적인 거야. 뱀파이어들은 왜 하나같이 인간들과 사랑에 빠져버리는 걸까. 아무튼 우리는 세상에 뱀파이어란 말이 거론되는 게 불편했어. 나쁜 짓을 하고 다니는 것도 아니고 폐를 끼치는 것도 아닌데 우리의 정체가 탄로 나면 사람들은 편견의 눈으로 우리를 바라볼 테니까. 우리도 같은 사람이란 사실은 잊은 채. 그래서 소문의 주인공을 찾아내서 조용히 지켜보기로 한 거야. 대체 왜 그러는지 알고 싶었거든. 이유를 알아야 문제를 해결할 테니까. 이번 사건을 해결하는 데 지민이가 큰 역할을 했지. 경찰이 되고 싶다고 하더니, 소질 있어 보여."

아빠가 전봇대에게 엄지손가락을 척하고 치켜든다.

"치. 뱀파이어가 무슨 경찰이야."

"뱀파이어는 뭐 경찰 되면 안 되냐!"

전봇대가 누나처럼 눈을 치켜뜨며 바락 소리를 지른다.

"이번엔 필승이 네가 사과해야겠다. 꿈은 꾸는 자의 것이란다. 누구에게나 미래를 꿈꿀 자유가 있지. 그래서 꿈은 평등한 거야."

아빠가 전봇대 편을 자꾸 드는 것 같아 성질이 난다. 안 그래도 모든 게 낯선 것투성이라 외롭고 무서운데. 새까만 바다 속에 혼자 내던져진 기분이다.

"뱀파이어니까! 우리 다 뱀파이어라며! 그런 우리에게 꿈이 어디 있고 미래가 뭔 소용이야. 뱀파이어로 살아가야 하는 거잖아, 결국엔."

"장필승. 아빠 말 잘 들어. 많이 혼란스러울 거라는 거 알아. 다 이해해. 나도 처음엔 받아들이기 힘들었고 잘 이해되지도 않았어. 아마 지민이도 그랬을 거고 뱀파이어의 피가 섞였다는 걸 알게 된 모든 사람이 그랬을 거야. 하지만 시간이 지나면 너도 알게 될 거야. 사실은 아무것도 달라지지 않았다는 걸. 지금껏 살아온 대로 다시 살아가면 되는 거라는 걸. 내 몸에 흐르는 피가 남들하고 조금 다른 것 빼곤 딱히 다를 것 없는 평범한 사람이라는 걸."

그런 거라면 차라리 몰랐으면 좋았잖아. 헤어살롱 문을 열지 않았다면 나의 정체를, 아빠의 비밀을, 세상의 또 다른 모습을 모르고 살 수 있었겠지. 나의 원망이 아줌마에게 향하고 있다는 걸 눈치챘는지 형이 내 손등을 꽉 잡고 나지막이 미안하다 말한다. 형은 좋지만, 우리 형이었으면 싶을 만큼 정말 좋지만, 형의 고모는 싫다.

"그럼 나 대학 가도 되는 거야?"

"당연하지. 어제처럼 오늘을, 오늘처럼 내일을 살면 되는 거야."

아빠의 지난 시간들을 모조리 모아 들여다보고 싶다. 다가올 나의 시간들이 조금 두려워서. 아빠처럼 아무 일 아니란 듯 잘 견뎌낼 자신이 없다. 나는 아무래도 능력 있는 부장님은 못 될 거 같다.

그런데, 아빠는 정말 부장님일까? 문득 아빠가 다닌다는 회사에 의심이 파고든다.

"아빠. 솔직히 말해봐. 정말 내가 알고 있는 그 회사에 다니는 거 맞아? 뱀파이어 조직, 뭐 그런 데 다니는 거 아냐? 그래서 전봇대도 거기 다니는 거고 나도 결국은 그곳에 소속되어야 하는 거고."

내 말이 끝나기 무섭게 전봇대가 픽 비웃는다.

"너는 사는 게 참 쉽나 보다? 난 안 그렇거든. 우리 아빤 내가 세 살 때 돌아가셨고 엄마는 나 버리고 도망갔어. 쭉 할아버지랑 같이 살았는데 요즘 좀 편찮으셔서 아르바이트하는 거야. 할아버지 약값이라도 벌려고. 됐어? 부장님, 저 먼저 가볼게요. 안녕히 계세요."

전봇대가 자리에서 벌떡 일어나 꾸벅 인사를 하곤 가버린다. 저런 게 어디 있어. 내 말도 들어줘야지. 미안하다고 말하려 했는데.

"휴. 뱀파이어라고 나라에서 돈을 주겠니, 밥을 주겠니. 먹고살아야 하는 문제는 사람이나 뱀파이어나 같아. 어쩌면 아주 먼 옛날에 존재했다던 진짜 뱀파이어들은 돈 걱정 안 하며 살았을지도 모르지. 하지만 시대가 변했는걸. 우리도 더 이상 온전한 뱀파이어가 아니게 되었고. 사람에 더 가까우니까. 아니, 그냥 사람이라고 해도 무방하지. 그저 옛날 조상 중 누군가가 뱀파이어였던 것뿐이니까. 지민이는 이번 모임에서 처음 만났어. 서로 살아온 얘길 하는 시간에 지민이 가정 사정을 알게 되었고 마침 회사에 아르바이트 자리가 나서 내가 소개해준 거야. 얼마나 열심히던지. 예쁘지, 성실하지, 착하지, 딱 며느리 삼고 싶더라니까."

"아빠!!!"

"아니, 그냥. 허허. 아무튼 언젠가 가족사진을 보여준 적이 있어. 넌지시 이게 우리 아들이야, 라고 말해봤는데 너한텐 통 관심을 안 가지더구나. 우리 아들 잘생기지 않았나요? 요즘 애들은 이런 얼굴 안 좋아하나? 내가 젊었을 적엔 나 같은 얼굴이 인기 많았는데."

아빠가 파란 코끼리 형을 보며 능청스럽게 말하지만 어쩐지 형은 바짝 긴장한 모습이다. 우리가 뱀파이어라니까 무서운 걸까.

"고3이기도 하고 아르바이트도 하니까 지민이는 이번 일에서 빼주려고 했는데 같은 반 친구가 엮여 있는 거 같다면서 헤어살롱 지켜보는 일을 자처하더구나. 그러다 우연히 헤어살롱에 들어온 널 보게 되었고, 그 여자가 너한테 접근하는 걸 보고는 널 쫓아다닌 거야. 내 아들은 뱀파이어에 대해 아무것도 모른다고 말했었거든. 혹시 네가 무슨 일에 휘말릴까 걱정됐었나 봐."

"그러니까 아빠는 내가 알고 있는 아빠가 맞는 거지? 회사에 다니고 부장님이고 엄마의 남편이고 누나와 나의 아빠이고, 그리고……, 가끔 뱀파이어 회의에 참석하고."

"딱 한 번이었어. 이런 일은 과거에도 없었다던걸. 다들 뱀파이어를 싫어했지 뱀파이어가 되겠다고 자처한 사람은 처음이라. 앞으로 또 이런 일이 생기지만 않는다면 우리가 다시 모이는 일은 없을 거야. 다들 먹고사느라 바쁘거든. 내가 거의 모든 시간을 회사에서 보내는 것처럼. 세상이 그렇게 호락호락하지가 않단다. 그렇죠?"

아빠가 또 파란 코끼리 형에게 동의를 구한다. 형은 아직도 바짝 얼어붙어 있다.

"그 아저씨들은 누구야? 까만 양복 입고 경찰처럼 굴던."

"아, 그분들? 경호원이래, 직업이."

"진짜 경호원?"

"일하다 연락 받은 거라 옷도 못 갈아입고 뛰어온 거지. 안 그래도 잠이 부족한 사람들인데 고생했지."

"근데 아빠가 왜 수장이야? 뱀파이어 피가 제일 많이 섞여서?"

"그게 실은 인기투표로 뽑은 거라. 너도 알잖아. 우리 가족이 한 인기 하는 거."

형이 슬쩍 웃기에 나도 따라 웃었다. 앞으로도 형과 잘 지내고 싶다. 형이 나를 무서워하지 않았으면 좋겠다.

"그나저나 우리 딸이 그쪽을 찾겠다고 아프리카로 떠났는데, 알고 있어요?"

형의 미소가 아빠의 진지한 말투에 잠긴다. 형의 얼굴에 긴장감이 역력하다.

"네. 알고 있습니다."

아빠가 가만히 고개를 끄덕인다. 이 분위기를 어떻게 설명해야 하나. 아빠의 얼굴이 사뭇 진지해 나까지 긴장하게 만든다. 왜인지는 모르겠지만 형이 곤란한 상황에 처한 건 틀림없다. 내가 형을 구해줘야겠다.

"우리는 왜 이렇게 잘생긴 걸까? 뱀파이어여서일까?"

아닌 걸 알고 있다. 전봇대도 그렇고 까만 양복의 아저씨들도 그렇고 모두 평범해 보였으니까. 게다가 엄마는 뱀파이어도 아닌데 세상에서 제일 예쁘니까. 이건 그냥 형에게 박힌 아빠의 따가운 시선을 떼어내어 주기 위함이다.

"타고난 거겠지?"

형이 또 슬그머니 웃기에 나도 따라 웃었다. 아빠의 입에도 미소가 오르락내리락한다.

내 친구 명수에게 아빠에게 들었던 얘기를 하나도 빼먹지 않고 그대로 들려줄 예정이다. 지난 실수도 진심을 다해 사과할 것이다. 아빠의 말대로 명수와 나의 사이도 달라지지 않을 거라 믿어본다.

"누나도 나처럼 얼마쯤은 뱀파이어인 거지?"

"아빠 딸이니까."

"어쩔 거야? 말해줄 거야?"

"스스로 알게 된다면 너한테 그랬던 것처럼 숨김없이 다 말해줄 거야. 하지만 아빠는 부러 알려줄 생각은 없어. 알게 된다 해도 달라질 것 없는 인생이니까. 이딴 것쯤 너희들 인생에 아무런 영향도 미치지 않을 테니까."

"결국 엄마 빼고 우리 모두는 뱀파이어인 셈이네. 엄마한테는 영원히 비밀로 하자. 엄마가 괜한 소외감을 느끼지 않았으면 좋겠어."

"사람은 모두가 다르게 태어난단다. 그래서 다르다는 건 특별한 게 아니야. 당연한 일이지. 그렇지만 모두가 다르기 때문에, 다르다는 건 특별한 일이기도 해. 우리는 모두 특별하지만 특별하지 않은 존재야. 그러니까 아빠 말은 모두가 세상에 하나뿐인 소중한 사람이라는 거. 그래서 하나하나가 더욱 빛난다는 거. 살아가면서 견디기 힘든 때가 많이 찾아올 거야. 그럴 때마다 꼭 기억해줬으면 좋겠어. 너는 세상에 딱 하나뿐인 소중한 사람이라는 거."

아빠의 말이 밤하늘의 별처럼 가슴에 콕 새겨든다. 우리 아빠는 생각보다 훨씬 더 멋진 사람이다.

"우리 딸이 그렇게나 좋아한다는 커피 한번 마셔볼까? 한 잔 내려주겠어요?"

"네, 네!"

형이 자리에서 벌떡 일어난다. 형의 당황한 뒷모습이 낯설고 우스워 자꾸 웃음이 난다.

우리는 꽃가족이다

"장필승. 옷이 그게 뭐니! 공항까지 가는데! 어서 안 갈아입어? 엄마한테 혼날래?"

엄마가 싫어하는 후드잠바에 소매가 닳은 패딩야상을 걸쳤다. 화장실 거울로 이리저리 비춰봤지만 어디 하나 흠 잡을 곳이 없게 완벽하다.

"이런 옷은 나밖에 소화 못해."

"얘가 정말!"

"놔둡시다! 필승이도 며칠만 있으면 스무 살인데 지 알아서 하겠지."

역시 아빠밖에 없다. 아빠가 엄마의 팔짱을 끼고 먼저 현관 밖으로 나간다.

오늘, 12월 26일, 싸락싸락 눈이 내리는 새벽, 한 통의 전화가 왔다.

— 나야.

— 누나?

— 데리러 와.

— 어딘데?

— 공항.

— 한국에 왔어?

— 빨랑 와! 추우니깐! 여긴 왜 이렇게 춥니? 두꺼운 외투 하나 들고 나와! 하나밖에 없는 누나 동태 되는 꼴 안 보려면!

누나가 전화를 끊자마자 아빠와 엄마를 깨웠다. 배낭 하나 짊어지고 집을 떠난 지 어언 삼 개월이다. 야속하게 전화 한 통 하지 않은 덕에 그동안 아빠와 엄마는 발도 편히 못 뻗고 주무셨다. 겨우 눈곱만 떼고 바로 집을 나서는 아빠와 나와는 달리 엄마는 그 짧은 시간에 머리를 하고 화장까지 말끔히 끝냈다. 역시 우리 엄마는 특별하다.

"왜 이렇게 늦게 와! 추워죽는 줄 알았네!"

누나를 찾아 두리번거리는 우리 가족들 앞에 새까맣게 탄 여자

하나가 나타났다. 내 손에 들린 누나의 겨울 잠바를 뺏어들더니 멋대로 입는다.

"우리 누나 건데요!"

얼굴이 가뭇하게 탄 여자를 정색하며 쳐다보았다.

"이게 누굴 놀리나!"

"하하하."

누나가 맞다. 머리도 산발이고 얼굴도 시커멓게 타고 옷도 누렇게 변했지만, 이런 모습마저도 예쁜 우리 누나가 틀림없다.

"추워. 얼른 집에 가자. 좀 자고 싶어."

비행기에서 대체 어떻게 잤기에 얼굴이 저렇게나 팅팅 부을 수 있는 거지. 누나는 쑥스러운지 괜히 바깥 날씨처럼 쌀쌀맞게 군다. 반가우면서.

누나에게 파란 코끼리를 보았는지 물어보았다. 누나는 입술을 앙 깨물고는 대답해주지 않았다. 대신 점토로 빚어 색을 입힌 파란 코끼리 두 마리를 내민다. 주먹에 쏙 들어오는 두 마리를 누구에게 전해주어야 하는지 누나가 굳이 말해주지 않아도 잘 알고 있다. 파란 코끼리는 파란 코끼리에게 가야 하니까.

"커피 한 잔 주세요! 아주 진한 걸로!"

"누나가 온 거야?"

형의 손이 분주하다. 파란 코끼리를 찾으러 아프리카까지 갔다 온 누나의 첫 선택은 커피였다. 엄마가 급하게 된장찌개를 끓였지만 누나는 커피가 마시고 싶다는 말만 하곤 방으로 쏙 들어가버렸다.

"이거."

"파란 코끼리네."

형이 손바닥에 파란 코끼리 두 마리를 올려놓고 사랑스럽게 바라본다.

"있지, 난 어쩌면 파란 코끼리를 못 본 걸지도 몰라. 너무 목이 말랐고 정신을 잃어가는 중이었거든. 파란 코끼리 같은 건 세상에 없는지도 몰라. 이렇게 사람들이 돈을 벌려고 만든 거짓일지도 모르지."

형이 파란 코끼리를 카운터 옆 작은 유리병 속에 집어넣는다.

"그래도 난 믿고 싶어. 호수의 물을 다 마셔버려서 몸이 파랗게 되어버린 코끼리가 있다고. 파란 코끼리가 없다고 생각하면 세상이 너무 시시하잖아. 고모도 그런 건지 몰라. 뱀파이어가 없다고 생각하면 살기가 너무 퍽퍽해서, 믿고 싶었던 건지도 몰라. 네가 뱀파이어라서 얼마나 고마운지 몰라. 정말 고마워."

"파란 코끼리가 없었다면 난 형을 만나지도 못했을 거예요. 파란 코끼리야, 고맙다. 우리 형을 살려줘서."

나는 멋쩍게 웃으며 파란 코끼리가 든 유리병을 흔든다. 형이 파란 코끼리를 보며 찡긋 웃는다. 그 눈에 조그만 물방울이 고인 걸 봤다는 건 나만 아는 비밀로 간직할 거다.

크리스마스가 지나갔다. 산타의 선물처럼 모든 게 제자리로 돌아왔다. 누나는 집을 나섰을 때처럼 배낭 하나 달랑 지고 다시 돌아왔고 아줌마는 박순분 헤어살롱에서 어느 여고생과 앞머리 길이를 두고 신경전을 벌이고 있다. 나는 뱀파이어가 되었지만 원래부터 뱀파이어였으니, 결국엔 아무것도 달라지지 않은 셈이다. 누나는 알고 있을까. 알게 돼도 상관없다. 결국엔 아무것도 변하지 않을 거니까. 누나는 누나고 나는 나니까. 중요한 건 내가 '장필승'이라는 것뿐이다. 그리고 세상은 불공평하다는 소리가 나올 만큼 아주 완벽한 존재라는 것! 달라진 건 아무것도 없다.

"형! 오늘 커피는 공짜가 아니에요! 파란 코끼리를 받았으니까요. 우리 누나한테 커피 한 잔 빚진 거예요!"

"알았다. 누나보고 한번 들르라 그래. 세상에 둘도 없는 커피를 만들어줄 테니까."

카운터 뒤쪽에 새 필름을 넣은 카메라와 파란 코끼리의 사진이 든 봉투를 몰래 놓아두고 나온다.

날이 참 좋다. 코끝이 싸늘한 느낌이 마음에 든다. 사막에 쓰러진 누군가의 입에 물을 적셔주고 있을 파란 코끼리가 하늘에 보이는 것 같다.

〈끝〉

작가의 말

세상 사람들이 모두 불행해 보이는 시절이 있었어요. 모두가 불쌍해 견딜 수 없었어요. 그 중심엔 내가 있었어요. 세상에서 가장 불행하고 불쌍한 사람은 바로 나였으니까요. 그때 생각했어요. 모두가 행복하기만 했으면 좋겠다고. 사람들이 행복하면 더불어 나도 행복해질 거 같았어요. 사람을 웃기는 재주가 있었다면 코미디언이 되었을 거예요. 음악에 재능이 있었다면 뮤지션이 되었을 거예요. 그런 사람들이 세상의 불행을 지워주는 거 같았거든요. 그런데 나는 아무것도 할 수 없었어요. 사람들 앞에 서기에 나는 너무나도 수줍은 사람이었으니까요.

어느 날, 넓고 큰 땅에 홀로 남게 되었어요. 가족도 친구도 없는 모든 게 낯선 것투성이인 그곳에서 1년을 지내야 했어요. 무서웠지만 지루한 시간을 견디려 밖으로 나가보았어요. 기적처럼 좋은 사람들을 많이 만났어요. 따뜻했어요. 마음이 따뜻해질 때 세상도 행복해 보인다는 걸 깨달았을 즈음 누군가 내게 물었어요.

넌 꿈이 뭐니?

그즈음이에요. 수줍은 내가 책 뒤에 숨어 사람들에게 이야기를 들려주기로 결심한 순간이. 마지막 책장을 덮고 가슴에 꼭 품었던 책 한 권이 생긴 것도 그즈음이네요. 내가 세상을 따뜻하게 바라볼 수 있도록 도와준 사람들처럼 나도 누군가를 세상의 따뜻한 편으로 이끌어주고 싶었어요. 책 속에도 온기가 있다고 생각해요. 내가 쓴 소설이 사람들의 마음을 따뜻하게 데워주길 바라며 글을 씁니다. 이 책을 읽는 동안 여러분에게 아주 잠깐이라도 따뜻한 순간이 찾아왔다면 행복할 것 같아요.

새움출판사 식구 여러분! 필승이가 고맙다는 말을 꼭 전해달래요. 멋진 어른으로 무럭무럭 자라서 한번 찾아뵐 테니 모두들 행복하고 건강하시래요. 꼼꼼하게 필승이네 가족을 돌봐주신 김화영 팀장님, 필승이에게 손 내밀어준 최하나 편집자님, 정말 고맙습니다.

바람이 부는 곳에 함께 있어준 존과 오마가 언제나 행복하길. 가슴에 품은 소망을 모두 이루길.

하나님이 나를 얼마나 사랑하는지는 우리 가족을 보면 느낄 수 있어요. 우리 엄마, 우리 아빠, 내 동생의 가족으로 태어나게 해주셔서 감사합니다. 세상에 날 위한 소원이 딱 하나만 남는다면 그건 엄마아빠가 오래오래 건강하게 우리와 함께 살다가 천국에서 다시 만나 또 함께 사는 것이라고 자신 있게 말할 거예요. 내 전부인 우리 가족, 사랑합니다.

2014년 가을

정지혜